尋找
記憶

傅詩予 ◆ 著

你的童年時光裡有些什麼遊戲？是跳格子、打陀螺還是放風箏？

你的少年歲月裡有些什麼旋律？是周杰倫、貓王還是鄧麗君？

你的青春日子裡有些什麼夢想？是成為醫生還是另一個王永慶？

旅加詩人傅詩予以時間為材料的浪漫詩篇，帶領你一起尋找記憶……

序一・為有源頭活水來

——讀傳詩予《尋找記憶》

李 笠

也是近二十年前初到美國，忙於適應文化及新語言，使用中文的次數越來越少，詞彙的運用捉襟見肘，常常一個詞語要千迴百轉才能記起它的長相與筆畫。時間拉長，英文與中文交互運用，詞語的陌生，讓句子變得文法錯亂。直到進入中文學校擔任教職，與華裔學童教學相長，才慢慢拾回文字的記憶。

有一年聖誕節，我班上的孩童們，戴上自己繪製的大型珍珠板面具，以楊喚的新詩〈夏夜〉演起話劇來。

蝴蝶和蜜蜂們帶著花朵的蜜糖回來了，

羊隊和牛群告別了田野回家了，

火紅的太陽也滾著火輪子回家了，

當街燈亮起來向村莊道過晚安，

夏天的夜就輕輕地來了。

臺上童言童語，臺下家長回憶童趣，交織成一幅時空相疊的美麗童話。

初讀傅詩予《尋找記憶》中的詩作，我的心很快地縱躍入時空隧道裡。或許我們有著相同的人生行旅：完成學業、負笈他鄉、異域執教、忙於生活，亦在多年後重啟寫作之門，因而也更懂得她所謂「闊別二十年」時間長河的況味。

二十的距離，由少女而中年，變的是生活裡的身分，不變的是詩心。

傅詩予以時間為材料，以獨具的思維與生命感懷，編織了《尋找記憶》的絢爛錦帛。

本書分有三輯——春雷、闊別二十年、童心。

輯一「春雷」，計有六十一首，佔了此詩集的半數，自一九七八年至一九八七年，可以想見「二十年前」少女詩予的詩興與詩才。

〈春雷〉寫於一九七八年。三十年前的作者，借「迅雷／驚起一天雲嵐」之鳴，引領讀者進入她的詩之國度。

此輯詩風多彩，抒情寄意、懷古思舊、憂時傷世、社會關懷，作者用心、專注地傾聽生活裡的各種聲音。以「音」傳詩意，這或許與她曾經師承大詩人余光中有關（作者於一九七八年暑假參加淡水復興文藝營，被編列在李白組余光中先生的門下，詳見作者後記）。「風聲未斂／管弦聲卻已沉寂」（風城早秋）、「出來吧／我已聽覺你的步聲／東邊廂房　西邊甬道／你

出來吧」（訪客）。

　　詩之生生不息，在於未離尋常日子的輪轉，離開人生的詩，難以讓人產生共鳴。〈訪客〉一詩中，作者察覺有人「踩響屋瓦」，幾番探尋，最後「啟天窗」，隱於聲音之後的，是「一場驟雨」。人生過客繁幾，又有誰能從雨聲裡，聽出流浪與追尋的喟嘆！

　　三月，時序進入萬花盛放的春季，作者怎麼說呢？「三月想往年此際應是好景良辰／是不是造物主遺忘了人間薪傳／還讓舊寒肆虐地襲人夢斷」作者意欲探問人生真義之企圖昭然若揭。四時交替，車聲、學童聲、上班聲、海水聲，借物起興，直接與生命對話，而作者的語言是柔軟的，發問之後，退居生命的簾幕，繼續自己的步伐。

　　「貯經年的期待／和鄰居打賭／賭我兒孫必結隊而來／今年不會爽約／在我臂彎裡長大的孩子／必提花籃／一盅酒一瓢食……」一首〈清明之外〉，淡淡敘出老祖宗的期待與落空。

　　類似的人文關懷，也出現直搗人心的〈礦災一隅〉裡：「……我不會不識得爹爹的／這毛絨絨臉頰才有疼醒我的觸鬚／我的爹爹躺在土封三尺的坑底下／緊唧著買給我的黑皮鞋……」作者透過中元普渡、祖父母、七夕盟、災變、鑰匙兒童、上班族等元素書寫，人際關係之間的疏離，由抽象成為了具象，彷若那些人物與場景，赫然湧現眼前，對現世投以一記溫柔的棒喝！

　　「而軒窗前／我手植的新娘草／更早已纖纖地偎滿簷巔／欲

嫁與南風／來回地來回地塗滿胭紅」（八月）。憑風寄寓待嫁女人心，讀者循著燕子、海洋、豐年、畢業生，走入時間甬道，這一別就是二十年，少女作者成了中年作者。

輯二「闊別二十年」，題旨鮮明。二十年間，作者離鄉去國，在新土地上有了家庭與子女。此輯以大自然、回訪家鄉等與空間有關聯的實景，構組詩作。

北國氣候不同於南國，冬季重雪紛飛，是作者初履時的最新經驗，因雪而起之詩興，帶來不同於前的詩味。

「第一次閱雪／雪蕊絲絲／飄在哈里法克斯湖邊二月清晨／來自熱帶島嶼的孩子啊／笑問園中植了何種小花／蓓蕾紛落／圈滿這咖啡濃香小屋」（雪臨）。國度更迭，氣候迥異，作者以欣賞的眼光回報生命，「我自院中歸來／且讓我先抖落一身雪花／再替你想想／如何製成書籤保存你⋯⋯」（雪止）。秋天時，「我把落葉裝入袋中／我把往事織入夢裡⋯⋯」（晚秋），落葉如往事，過去如斯，光陰如斯，一切盡在回憶中。作者的感懷引人悵惘，來去之間，是說不清的懷思難捨。

作者的腳步走入加國各處與美國紐約大城等著名景點，同行者加入了作者的家人，丈夫與兒女，現實生活跳脫早日少女易感的心，「女兒和丈夫爭搶著聽周杰倫還是鄧麗君／青春總悄悄站在女兒背後／用調皮的食指與中指比出Ｖ字」（青春），時間倏飛，髮鬢漸蒼，作者以輕鬆的口吻，四兩撥千金，笑歲月太匆匆。

一併收入此輯的，是對照強烈的返鄉之詩。返鄉，為了「尋

找記憶」。

　　被遺棄在廚櫃的某個角落裡
　　想成為大詩人的夢
　　被遺忘在哪個抽屜哪扇門裡
　　那些手稿摺在記憶深處應該好好的
　　遺忘了是該用哪把鑰匙
　　把記憶打開

　　我知道你也一直想成為王永慶
　　同樣被落上大鎖的夢
　　在追求安定的家庭計畫中
　　沉默的躺在食譜後面
　　糖醋排骨裡的甜味
　　魚香茄子中的豆豉呢

　　我不斷翻開冰箱
　　在生菜與沙拉醬間
　　尋找記憶

　　炒菜的手、鏟雪的手、開車的手、翻找的手、寫詩的手，
作者的手周旋於生活瑣碎中，依然未放走想做大詩人的夢。拿把

鑰匙，打開心鎖，順著腳步往回走。此時詩人眼中所看、心中所觸、筆端所寫，已「頓悟少年痴迷」（悟／輯一），片語隻字，處處是機心。

　　那年我卸下馬鞍　遙望異國原野
　　平原那頭　玉米田高高閃著金黃
　　我心想起　母親善理的劍竹筍
　　是否仍擱在餐桌上
　　多年以來
　　眉頭因羈旅成霜
　　我的頭髮並未轉紅反轉白
　　而少年壯志已成空
　　總想著陽明山上的那顆藍星
　　是否就是窗外閃耀的那一顆（陽明山）

　　是不是　我一睡千年已過
　　會不會　偎著堤岸的水草也已頭白
　　在那裡　子夜濤聲拍擊著記憶的岸
　　在那裡　細雨的黃昏總有些輕愁（淡水碼頭）

　　故地重遊，記憶帶領作者走過臺北盆地、臺東海岸、梨山清晨、鵝鑾鼻、溪頭、澎湖、日月潭，景物依然，人面桃花兩

全非，作者借「廟與教堂」，抒發心臆：「我終於明白／無關乎所謂受洗亦無關乎皈依／我知道　愛與希望才是真正信仰／在愛與被愛中生命獲得肯定／在永不乾涸的希望中生命會獲得延續」中年詩人自我惕厲，對詩的信仰與堅持，是永續生命之泉源，命在，詩在，好一個灑脫的詩人！

　　時序由年輕步入中年，身影由家鄉而異土，心境由織夢而安住，作者甚有巧思安排她尋找記憶的行旅。看山是山，看山不是山，記憶的終點，回到看山是山，生命的原點，詩心的純粹：童詩。

　　輯三「童心」。作者曾為人師，在教導學童寫詩時，以身為範，成為此輯中的詩篇。

　　縱觀作者詩作，發覺詩人深諳擬人之妙，「初昇月是左瞳／夕陽是他酡紅右眸」、「草木於是紛紛搖頭／月兒笑彎了腰」、「這大地成繭了／雨季竟是吐絲的蠶兒」、「魚兒蝦兒／最羨慕青蛙了／因為他既會跳遠／又會表演肚皮舞」……俏皮的童言童語，反證詩心的質樸，讀輯三之詩，讓人忽忽有返老還童之人生真味。這就是生命的活潑處啊！

　　詩人傅詩予十七歲時開啟寫作之門，參加文藝營，之後脫離詩的行列有二十載之久，歲月啊！時間啊！任時空倥傯，最終仍在詩心召喚下，重入詩門。

　　半畝方塘一鑑開
　　天光雲影共徘徊

問渠那得清如許

為有源頭活水來

　　若問詩人靈思何處來，朱熹這首意味深長的〈觀書有感〉，最能釋疑。

　　在詩予長年的寫詩生涯中，有幸得能分享她斐然文采之豐美果實，謹在此祝福詩人源源活水注新塘，呈現更多質樸純然的詩心風華。是為序。

二○○九年二月四日於美國聖路易書齋

李笠簡歷：

李笠，旅美女作家，北美華文作家協會聖路易分會首任會長。祖籍山東，生於臺南，長於臺北，畢業於淡江大學西語系。曾任記者、教師、華語學校副校長等職。文章散見海內外各大報副刊，曾獲芝加哥海華文藝季文學獎、臺灣文學獎、海外華文著述獎。著有傳記《最後的先知：穆罕默德》、《沙漠裡的孤兒》（三民書局），小說《回溯的魚》（天培）、《後三十女人》（生活人文），散文《老鷹之歌》（生活人文）、《天心微光》（秀威）等書。

序二・一山愛笑的風

徐喚民

　　人家說，少年應讀詩，因為年輕易感的心，才是詩的落腳之處。那麼，像我這樣，眼角突然出現一隻揮之不去的大飛蚊，腦筋、身體都呈明顯退化的人，讀起詩來，會是何等況味？

　　羈旅異鄉多年，對往日熟悉景物的眷戀，漸漸淡去，就像年少時的情懷，早已沉潛於記憶的最深處，連那些曾經自以為刻骨銘心的愛情，也早已裝箱珍藏，不再細數重提⋯⋯。可是詩予寫：

> 我已失去舊日伴侶／獨酌夕陽／愛聽你舞步的鈴鐺聲／林梢小鳥／憧憬妳忘機的傾談／而妳是搖擺蘆葦／一山愛笑的風（少女）

一下子，就把少女時代那些愛笑的日子從箱底抖了出來。

　　《尋找記憶》詩集，就在我寂寥的老境中翩然而至。

　　此書分三輯，共一百二十九首詩作。輯一「春雷」，詩予以她的第一首詩，寫於一九七八年春天的「春雷」成輯，為的是紀

念她的第一首詩。此輯是詩予少女時代的作品,寫於一九七八到一九八七年間;輯二「闊別二十年」,為二〇〇六年至二〇〇七年,復筆之後,寫於加拿大的作品。輯三「童心」,則是十八首精短童詩,大部分寫於一九八四年,是詩予教童詩寫作時,寫給她的學生的範本。

輯一裡,最教我震撼與疼惜的是〈礦災一隅〉和〈鑰匙兒童〉兩篇。

> 我不會不識得爹爹的/這毛絨絨臉頰才有疼醒我的觸鬚/
> 我的爹爹躺在土封三尺的坑底下/緊啣著買給我的黑皮鞋
> (礦災一隅)

> 凝重灰濁的北風颮呀颮/你和小明罰站在青天白日旗影
> 下/可知我急切的眼神裡/有多少串鑰匙洶湧吶喊/老師
> 我不要回家(鑰匙兒童)

詩人的筆觸,凝鍊了報導文學的冗長描繪,聚集了散文絮絮叨叨的字句。前者將失親之痛以刀斧鐫刻,後者寫出詩人對鑰匙兒童的憐愛和遠慮。此時,她的作品似乎因離開唯美唯幻的淡水後,開始對都市生活提出反省。

詩人也寫愛情,怎能不寫?

〈相思樹〉寫愛的熾熱與等待,卻在桐花白了山頭的時節,

留下熄冷了的灰燼……。

> 當妳的綠身聳入雲表／也要繡相思於霞紅／縱相思成炭／
> 也是千層萬層的心事／成炭之前以烈火表白（相思樹）

詩予寫春天，三言兩語把春天點活了。

> 春天啊／是一罈我釀造的酒／在我千褶百迴的花心底／正
> 祕密地發酵著哩（花說）

　　詩人對詩，是如此地深情執著！從十七歲開始寫作，從未鑽
營辭藻的瑰麗，卻輕盈巧妙地用移情、說理、描繪、擬人……種
種方式傳達詩人心中的感動，也這樣感動了讀詩的人。

　　之後詩予停筆了將近二十年！她給我的信中曾提及：「最
初人在異國，連稿紙都沒有，學英文學到英文沒學好、中文忘光
光，學用電腦、學寫網頁、學開車、學玩股票、學經濟、學裝潢
設計，最後都不了了之。在網路發達的二十年後，拜科技之賜，
託微軟之福，發現寫作不再需要稿紙，投稿也不需貼郵票，就此
復筆。從幾首雪詩開始尋找記憶。」詩予終於從現實的人生中，
又回到寫詩的國度，在那裡，詩予不再覺得自己一事無成，詩予
的精神境界終於戰勝現實人生。

　　輯二裡，詩予在加拿大寫北美的景色，讀起來那麼熟悉鮮

活，往日那些想寫未寫、苦尋不著的字句，都被她揮舞著魔棒，一一點醒。

〈鹿之語〉恰似我日日與鹿群相伴的鄉居生活；〈主婦狂想〉也曾是我裡裡外外掙扎不已的選擇；〈候鳥〉討論著落葉歸根與落葉生根之間的那根紅線。誰不是在兩邊跳來跳去？就連那些還在樹上的以及已然落下的葉兒，也還在掙扎著弄不清的問題，去也是？留也是？飛來飛去地，當那一天終於到來，南來北往，卻不知葬身何巢。

她寫北國的花、北國的楓葉、北國的雪，都曾片片在我眼前飄過。單單那雪，她寫出了雪的千姿百態，絕非灑鹽、柳絮可以道盡。

寫秋天，我偏愛這篇〈楓葉情〉：

> 捐出寫了整個夏天的斷簡殘篇
> 請秋天烙上紅印送給飄揚的風
>
> 風在鋪滿紅氈的鄉間小路上
> 撿拾那嘔心瀝血未完成的夢
>
> 誰能譯解那滿山遍野的紅
> 是那火熱的愛是那熾烈的情嗎

風在泛紅的湖面上蜻蜓點水
不在意的撒落那片片赤誠

不同於北美景色，輯二裡，詩人也用了許多筆墨，對故鄉的
一切作了禮讚！除了新竹的風、淡海的落日，還有環島每一個牽
動旅人心弦的景色。那些在異鄉寫就的詩篇，應是日夜盤桓詩人
心神，無邊愛戀的凝聚。

輯二除了寫景也寫情。比較她早年寫的〈囈語〉，與此輯中
二十年後的〈老花眼鏡〉，詩予的詩風多了中年之曠達。

一輩子能逢多少知音
一生還能譜出多少琴曲
我黯然和被捻燈
只將心事擲入夢境
夢來渡我　櫓聲無痕（囈語）

小時候總愛把玩祖母的老花眼鏡
看她歪歪斜斜戴著
而我咕咕笑彎了腰

長大後看見母親也掛起了那兩副薄片
時時跌落鼻架的模樣

讓我的孩子哈哈大笑

年過四十　逐漸發覺我的眼睛也已生花
從此我不時尋找那副眼鏡
跌跌撞撞地數落著胡亂擱放的自己（老花眼鏡）

說夢、說現實，又有誰能與歲月加諸人類的負荷相抗衡呢？
　　我很欣賞她在〈廟與教堂〉中對宗教的闡釋。

無關乎所謂受洗亦無關乎皈依
我知道　愛與希望才是真正信仰

在愛與被愛中生命獲得肯定
在永不乾涸的希望中生命會獲得延續

難道，詩，不是她從十七歲開始就篤信的宗教？
　　詩人最後編入晶瑩可喜的童詩作為壓軸作品，都是她和少年
學童共享的詩境，也是她心事最後的歸屬。
　　其中，〈心事〉寫出現代都市生活籠裡籠外的無奈：

麻雀最愛站在天線桿上
得意地瞧著我說

你看　我有整片天空可以遊玩
你只能在公寓的籠子裡散步（心事）

〈爸爸〉是孩子心目中的巨人！

太陽拼命工作
一定全身是汗了吧
好不容易等到黃昏
他才能噗通地
跳進海裡洗澡
爸爸也是
我給爸爸放一盆涼涼的洗澡水
爸爸的嘴巴
笑得像太陽那麼大了（爸爸）

　　做老師，讓她一直保有著年輕赤誠的心，即使相隔二十年，
她在〈山居十行〉裡寫出：

夜輕輕點燃童年瞅著大小熊星的勁兒
丈夫和孩子忙著尋找北極星
竟不知那少年時遺失的一地星光
在這山野小徑　早已讓我尋獲（山居十行）

雖然擱筆二十年，卻仍舊走回詩的國度。此時，她對人生的體悟更圓熟。在遺失與尋獲之間，詩人遺落卻又尋回的，不光是一地星光，還有那一山愛笑的風！

雨僧　寫於二〇〇九年春日西雅圖旅次

徐喚民簡歷：

徐喚民，筆名雨僧，旅美名女記者及作家，美國密蘇里大學新聞學院碩士，曾任臺北中央社記者，著有散文《大豆田裡放風箏》（大地出版社）。

目次
contents

輯二・闊別二十年　113

輯一

春雷

一 · 春雷

不及掩耳
迅雷　驚起一天雲嵐
像座熄火山
突爆以流巖似的雨雹
大地飛紅亂點
大地人狂鳥散
大地哭著肩承

我傾聽著來自天宇的箭弩嘶嘶
若殞石墜擊
留下一池沼澤汀
與乎轟然聲隆

倏然寂寥
萬籟無聲

我耳遂復聽鳥語蛙鳴
似扭開了音閘

那聲　破開一季沉悶
爭相競嚶
還有西山日落
與乎月上東山
還有催眠夢曲

一九七八年三月十日作於新竹
一九八六年四月一日發表於《大海洋詩刊》第24期

二‧金色年華

我們正當年少
總愛小唱丹楓閒愁
愛問匆匆行人忙什麼
愛笑小販嚷得太痴
有時雀鳥倒栽跟頭
也可笑上半天

日子啊　摟著雲月舞過去
詩書是品醇酒
與黃昏共醉
日子啊　在遐思裡等閒逝

算命的老先生讀我未來
說我掌紋中必有一番春秋
但會不會走了音　像一首歌
掌聲不再　而我孑然一身

一九七八年八月十九日作於新竹
二○○九年二月十五日發表於《葡萄園詩刊》第181期

三・都市篇

山在世外　水於桃源
水如海市　山如蜃樓
如潮車燈永不闌珊那聲浪
地上眾燈輝煌　星已落寞

有一個小女孩哇的一聲匍匐在地
只幾瞬陌生投遞匆匆撇落
許多顆心靈常盼求假期
可是呀　假期裡花倦懶迎人
你我無花可賞無月可吟
只有高樓眺望寄空思
山不是山　水不是水
你不是你　我不是我

一九七八年八月二十五日作於新竹
一九八六年四月一日發表於《大海洋詩刊》第24期

四・戒

繫風你衣袂飄飄
撇我舉杯深夜獨飲
一片冰心沒有熱情可溶
杯中枉見心頭人影

年年歲歲青山未曾移居
西風蕭颯一任落紅凋零
好遠好遠蟬聲已冷
今夜我依舊枕憶而眠
戒不了依你的情

一九七八年十月八日作於新竹
一九八四年六月十五日發表於《笠詩刊》第121期

五·風城早秋

風聲颼颼塵不止
雲浪湧天恰似峽岸渡頭
長長的影搖曳雨中
我獨步凋零的黃昏

我只是初驚一夜風露
而寒蟬小螢是否摔碎身軀
那清夏遙夜伴我蟋蟀
風聲未斂
管弦聲卻已沉寂

窗外擁紅疊綠樹已斷魂
叢雲虎視碧月
惟恐更深塵湧
枕畔　我耽一夜痴心

唉　這只是初秋
天地已寒凍

一九七八年十月十四日作於新竹
一九八四年十月一日發表於《文藝月刊》第184期

六・三月

遠了　冬的噓息
一季花種
落腳　落腳在庭院深深處
只春寒未減
每一朵嬌柔猶捲苞冬眠
風開動　遂有閉著眼睛的嫩葉
嗶嗶剝剝　滑落自夢的羽翼

三月　想往年此際應是好景良辰
是不是造物主遺忘了人間薪傳
還讓舊寒肆虐地襲人夢斷

一九七九年四月一日作於新竹
一九八六年三月一日發表於《文藝月刊》第201期

七・往日不再

當夕暉陡斜地躍做我的窗花
不禁閃入心扉的
是兒時打水漂兒的黃昏

我是少小離家老大回
家鄉小徑已多年未曾徘徊
暗驚它芳草褪盡樓房疊立
愛講古的老頭兒荒塚安息
美目傾城的少女懷抱嬰啼
一些舊日音容清晰了
卻傷竹馬青梅的盟約
灰

飛

生命的偈語許是鏡花水月
我赤足踩過青青田埂
西風拂過　歲月鏗然的撞擊
乃驚覺
往日不再

一九七九年四月十二日作於新竹
一九八七年一月三十日發表於《秋水詩刊》第53期

八 · 囈語

夢來渡我　蘭槳很香
沉迷於詩夢中的我啊
懾於風聲　我很孤獨
燈黃下
心情真簡兒有些委屈

每一朵水蓮都想躍出群藻
晨光裡　提著溼潤紅裙
舞出圓熟蓓蕾
千萬個日子無聲滑走
清溪不唱　鳥聲已杳
而浮萍太吵　我寧綣居在夢弦

一輩子能逢多少知音
一生還能譜出多少琴曲
我黯然和被捻燈
只將心事擲入夢境
夢來渡我
櫓聲無痕

一九七九年四月十二日作於新竹
一九八七年十一月一日發表於《大海洋詩刊》第29期

九・歸思

只圖友誼是這樣的
潺潺湧動
若兩道回音偶然相契
明月倒影仍酣於煙溪
靜渚飛鳥嘎嘎拍翅
揮手惜別妳時已萬家燈火
緊閉的車窗有風痕劃過

不感奢望友誼是一代松青
只願此際妳知我如己
僅盼玉兔正搗著的歲月裡
友誼是渾圓的珠貝

乘我於海上
立妳於山頭
親愛的朋友
請莫忘我
且讓此情悄悄圈住宇宙

僅願友誼是那煙溪
潺潺湧動

一九七九年四月十二日作於新竹
一九八四年三月一日發表於《大海洋詩刊》第19期

十‧蟬聲

蟬是一位害羞的聲樂家
隱形在樹陣中和我玩著捉迷藏
從這山到那山
由早晨到晚上
歌唱一整個夏天

樹有一身綠色的網
蟬在裡頭
我在樹外
重疊疊枝幹
是面面八卦陣圖
我看不見蟬影
蟬聲卻依然抖擻

一九七九年五月四日作於新竹
一九八五年七月一日發表於《文藝月刊》第193期

十一 · 少婦

我的夢不再湧現
倦於辯駁
懶於沙原上遺留足跡
就是萎謝了戀情
也不復惋惜

往年逐水草而居
動盪的地址
棲按一瓦小小簷下
才拂曉就併入在田中央
玩雪的心情依然熱炙麼

我深深深覆在柴米油鹽中
風流未殞
裙衫皺痕卻已累累

一九七九年八月十五日作於新竹
一九八四年四月一日發表於《掌門詩刊》第16期

十二 · 水手的吐吶

威士忌很濃　紅館很深
碼頭卸纜的船影重疊
匆匆趕上貿易最後風向
泊藍藍的鄉愁於陌生

總把名姓寫在海上
陸地遠了
嚕嚕馬達
敲響一航寂寞
不知是誰繪祖籍於船艙
方才我夢見算命的糟老頭
向卜問的母親
頻頻搖手

一九七九年八月十六日作於新竹
二○○八年十月三十日發表於《馬祖日報》鄉土文學版

十三・樓

留於谷底

靜了　耽於怔忡的心情

嫩葉點綠了河谷

白鶴的翅被林花染紅

風來自雲的長廊

細說一午小小雨

雲來自濱雪的家鄉

無聲浮著

還有乳牛的笑聲呢

偶然　流星閃落

那瞬間的光芒

慌了我　未及許願

你暢快的拍案

一九七九年八月十七日作於新竹香山
一九八四年七月十五日發表於《葡萄園詩刊》第87期

十四・訪客

是誰踩響屋瓦呢
門環已鏽　誰攜來問候
塑像髮茨已亂
井湄枯垂
廢墟裡我是最後的存在者

你是邊陲流浪的旅人嗎
這裡沒有燒酒溫你的瘡
你是愛考古的漢子吧
就抓一撮無馨香的土壤
快走吧
荒城沒有傳說中的化石

出來吧
我已聽覺你的步聲
東邊廂房　西邊甬道
你出來吧

啟天窗
原是一場驟雨敲響屋瓦

一九七九年九月二十日作於新竹
一九八四年三月一日發表於《掌門詩刊》第15期

十五・情歌

你的影子　千里投來
和著閒愁　為我叮嚀弄弦
去冬的記憶幽微亮著
我在千里外疾書　為你

傳自信箋的嘆息
是你久經航行的吐吶
我願化做子夜明星
照你首途的寂寞
但我足踵是無聲地

我足踵是無聲地序曲
照你首途的寂寞

燈簷下　聆聽你深情的歌詠
說我是你不渝的星向
啊　願我是一襲愛笑的風衣
無言隨著你漂泊

入秋以後　你的影子覆上憂色

寄我以緘默

只說你病榻上的寂寞

千里外我在月暈中疾書

一九七九年十二月十日作於新竹

一九八四年七月十五日發表於《葡萄園詩刊》第87期

十六 · 少女

妳的花屬有如初升之月
夜夜戌守我的夢土
聽我侃侃而談夜的足印
黃昏的閃電洗劫西天最初星辰
偶然霹靂落腳窗櫺
最是慌了妳人間少女
短暫的慟

我已失去舊日伴侶
獨酌夕陽
愛聽你舞步的鈴鐺聲
林梢小鳥
憧憬妳忘機的傾談
而妳是搖擺蘆葦
一山愛笑的風

有點野的　赤足姑娘啊
請為我唱首歌

讓歌聲出自岫谷
迴盪在寂寞夜空中

一九七九年十二月十七日作於新竹
一九八四年三月一日發表於《大海洋詩刊》第19期

十七・浪

浪花塗抹　想給堤岸化妝
堤岸太高　浪剛提起腰就摔跤
浪也想抹平沙灘上足跡
沙灘太寬　足跡越抹越多

浪蹣跚心碎的回到海中
它的餘情仍在珊瑚礁上
留下一處處難言漩渦

一九八〇年一月九日作於新竹
一九八七年十一月一日發表於《大海洋詩刊》第29期

十八・訪

我去訪你
相識的歲月長若一匹絹網
漸以千絲縛我
曾經無心不赴你風中等待
時光把無心燃燒成憾恨
框在記憶深處
你的影子

又是多風狹徑
起舞弄影的落葉呵
今夜不許有愁不許有恨
葉落終逢君

歲月梳長了我稚氣短髮
你凝望我一會
依然笑說我咬唇的憨
笑談星花之蒂落
暗嘆雪景之遺失

當蓮影沉醉湖心
我們滿頭滿肩是月光

一九八〇年二月十五日作於新竹
一九八六年三月五日發表於《南風詩刊》第6期

十九・人間

除非霓虹燈都滅了
星星才能出頭
才會訴說七巧的故事

想起家鄉子夜
仰臉有柔光輕叩額際
夜夜星子踩著雲朵來我窗前
會有柔光流蘇似拂來
駐滿茶缽　　駐滿一床一枕

而今少女深棲缺氧的人間
馬路上過客遞來匆匆行色
霓虹燈交換瞥著夜的方向
夜裡的方向我尋不著
風發的人文有點兒邪
流行歌不古典也不現代
說是超現實

電子琴把易水送別
唱成熱門午宴

醒時交歡的酒杯狼藉一地
買醉的客人又換上一批
我嗒然若失　忘了招呼

一九八〇年六月二十三日作於新竹
一九八四年六月十五日發表於《笠詩刊》第121期

二十・月色

少年時望月戍樓頂
你眼睫閃著夕陽餘暉
月洗黃昏瓦
我便抓住一掌傳說
嫦娥寂寞
廣寒宮深

一個秋來的夜
星光和月色嗟喋
我們年盛登高攬月
不知天上有一張臉
怕見人煙

而今　扶白首向月
你兩鬢星星
我是飛不起的夜鶯
黃昏瓦上一片月色
寂寞寂寞的紅著

一九八〇年七月二十一日作於新竹
一九八四年六月三十日發表於《臺灣詩季刊》第5號

二十一·失約

月升以前
一泓清流裡沒有你的倒影
夕照蜿蜒灑來
紗門上沒有你輕叩的聲息

你曾化為水鳥
涉過黃昏淺灘來訪我
我便燃燈為你開大門
掬滿滿笑意迎你
然後爐火將會燃燒
撩起一壁輝煌
我淺淺的笑
為月光取個小名
你細細的酌

而今　夕陽滾落沙河
月已升起
紗門外猶沒有你底跫音

我端著茶盞
坐成石像

一九八〇年七月三十日作於新竹
一九八六年十月三十日發表於《秋水詩刊》第52期

二十二・燕子

油煙揉皺了晚雲
滿袖風沙的燕子
雜沓的市聲中打轉
燕子呵
你原有美麗軌跡
是祖先遺留的庇護
今夜何以流入闃寂的旅次

一九八〇年十一月二十六日作於新竹
一九八三年十二月一日發表於《掌門詩刊》第12期

二十三・凝

椰影凝視湖水
湖水驚悸的震顫
顫起滿池淪漣
只為在愛中
水痕和吻痕一樣
是萬種允諾

一九八〇年十一月二十七日作於新竹
一九八三年十二月一日發表於《掌門詩刊》第12期

二十四・無題

深秋的風是一襲冷衫
性急地為我披拂
拂來的寒氣
恍若一則藕斷愛情
砭骨的無奈
溼重的負荷
我不知如何擰乾

一九八〇年十一月三十日作於新竹
一九八三年十二月一日發表於《掌門詩刊》第12期

二十五・春天

春天是用什麼釀造的
風箏的長髮飄香

晚雲淺淺泛著紅暈
大屯山坐擁夕嵐
睒著媚眼拋予向天池
而仰臥的觀音也微掀眼簾
心動的環視
人間怎麼迎接春天

人間　以田水潺潺歡迎春天
稻草人卻笠帽拉深
怯怯地等待春天
少女姹紫嫣紅開滿山坡
風箏未糊牢的孩子呵
迫不及待要放線仰望
要感覺飛翔　直到

夕陽醉落河心

縛風箏的孩子們爭相走告：

「春天是由花粉釀造的

明天就會臨門」

一九八二年二月二十六日作於淡水寄寓

一九八六年四月一日發表於《文藝月刊》第190期

二十六・櫻花落

三月櫻花是醉後佳人
低就酡紅的赧顏
是等候春臨的新娘

只鞭炮已鳴
鼓樂已響
獨不見春天的花轎
花屬遂化做紅泥
滿地狼籍的啼血

一九八二年三月二日作於淡水寄寓
二〇〇九年一月八日發表於《馬祖日報》鄉土文學版

二十七・淡海寄情

讓每一顆心靈都美著
壯闊雲低
渚清日暖
斜斜地織就晚霞一疋

讓每一寸記憶都醒著
狹長的街心也好
腥臭的漁船也罷
日暮時　風貌絕倫

讓每面一風箏都繫著
船隻的消息
且縛住紅橙圓日
帶來魚蝦滿籠

讓年年歲歲河水更藍澈
洗浴的落日更胖
燈船更能遠揚

照見落寞小鎮
黯寂的漁港

一九八三年八月十日作於淡水寄寓
一九八四年三月一日發表於《掌門詩刊》第15期

二十八・夜歸

日日磨我雙踝的歲月
又見尾巴掃過大河的時刻了
觀音山睡得好深
山腳下魚龍亦沉沉瞌睡
不覺潮擊來的冷

街燈朦朧的方向
守更雁似的促我腳步
我不是慣於夜歸
我只是錯入時間的隧道
無奈的拼命向前

一九八三年十月十四日作於淡水寄寓
一九八三年十二月一日發表於《掌門詩刊》第12期

二十九・花説

嬝娜自花心的春天
芳香四溢
花說：春天啊
是一罈我釀造的酒
叫你們僅嗅而未飲
即已滿山癲然
叫你們欲尋而靴子踏破
春山間猶迷失

殊不知
那罈酒啊那罈酒
在我千褶百迴的花心底
正祕密地發酵著哩

一九八三年十二月八日作於淡水寄寓
一九八四年十一月十五日發表於《葡萄園詩刊》第88期

三十 · 金露花

以我小紫的臉為樊籬
主人呵不要濃郁迷醉
以我綠的衣裳為家牆
喜我清香小小
我散蕊　織成紫氈
是主人踩著的一份沁涼啊
我金黃小果
是夏日襁褓裡滾大的
鳥雀的金露

露盡花亡
我猶喘著最後的祝福
只為呵
一償主人植我的一生

一九八三年十二月十六日作於淡水寄寓
一九八四年六月十五日發表於《笠詩刊》第121期

三十一‧冬夜
——記一位老兵的心聲

此夜太冷太寂寥
我倦極地裹緊毛呢大衣
睡成小繭

輕推籬門
舊時環扣啊　掌中顫慄
月下　姥姥喚我的窗外
風鈴暗啞　叮鈴　叮鈴
是姥姥還在那兒織布嗎
一箭步　剎時冷霧迷離
天地搖擺
我在轟轟然的夢中坐起

隔朦朧窗帷
夜雨滴滴詭譎
日晷一樣地漏盡了時間
滴滅了爐火餘溫

唉　此夜雨聲冷冷
竟以一種挑釁的姿態
以一針針蝕骨撫觸
蛇般地緩緩滑過

　　　　　　　　　　　一九八三年十二月十九日作於淡水寄寓
一九八五年九月一日發表於《南風詩刊》第4期

三十二・別

又得趕路了
行囊是蹙眉忍不住的遊子
沉重地卻步

丑時奔來的列車
呻吟地披著黑紗走了
走了　把故鄉丟在濃黑之中

再回頭啊
故宇只是一幕
隔世夢境
越觸越遠

一九八四年二月十五日作於淡水寄寓
一九八六年六月一日發表於《南風詩刊》第7期

三十三・蟬蛻

蟬蛻以後
舊殼上點染的秋天更濃了
望著死去的自己
一種模糊而似真切的風景
掠過初醒的記憶

蟬蛻以前
是否有個刻骨銘心的愛戀
是否說好要一起成長一起蛻變
望著前生
是否有個你
說好要一起變老一起死去
為何我記不起你的容顏
為何我想不起發生過的一切
只記得你模糊的呼喚
只有拉緊喉嚨
不由得吶喊：

親愛的你在哪裡

一九八四年二月十七日作於淡水寄寓
二〇〇九年一月十七日發表於新大陸詩刊網站論壇

三十四・清明之外

貯經年的期待
和鄰居打賭
賭我兒孫必結隊而來
今年不會爽約
在我臂彎裡長大的孩子
必提花籃
一盅酒一瓢食

日頭醒來以後
苔蘚鋪成的街道就響了
哦　翹望的心蹦跳啦
日頭偏斜了

捫一千萬思念
送盡潮來潮往
翻飛的冥紙
是誘惑的灰色幸福
散滿鄰家蕪草已清的胸膛

自我血管間

划槳而出的孩子不來

細碎的雨絲如泣

一九八四年四月九日作於淡水寄寓
一九八五年四月一日發表於《文藝月刊》第190期

三十五・孕

忽有尋你之念

一九八四羅斯福路的春天

木棉

孕

橘紅的豪放

你是我迸跳的心

一九八四年四月十日作於淡水寄寓
一九八五年三月發表於《現代詩》復刊號第7、8期

三十六‧悟

春日煥發的愛情
曾如那口井
潤溼了夏日
冰涼的感覺
在冬日親嚐
也是一種溫暖

愛情
也曾如那雙不合腳的靴子
刺痛足心　深及肺腑
直至狠狠甩去
啊　那赤足況味
在秋日回想
頓悟少年痴迷

一九八四年五月七日作於淡水寄寓
一九八七年十月三十日發表於《秋水詩刊》第56期

三十七‧垂柳時節

多年以前
幕幕子夜
愛情繩索結了又結

多年以後
當柳絮飄惹輕愁凝於眸底
當往事回音已杳　方驚覺
如何哀慟之情絕
只為啄癒少年樹身
逐漸加寬的年輪裡
塵封往事
也只是薄薄一層木屑了

今你心跳篤靜若木魚清唱
是時間靜的力呀
只驚瞥垂柳依依
方油然記起
那樹下火過為灰的空無

一九八四年五月七日作於淡水寄寓
一九八八年三月一日發表於《文藝月刊》第225期

三十八・端午

雨雹也似的雨點
密密敲打河面
競渡的龍舟呵
為伊咆哮麼

其實　歷史的輪影早滾遠了
誰管汨羅江渚
是否淤泥深深
誰管粽葉為誰而摘
灶邊的那道粽香啊
因誰而濃
案邊興奮的掌
拍紅的　僅為一盅陳酒的賭注而已

自歡騰中踱回
被遺忘的古舊壁鐘
輕敲清夜冷寂
遠遠油桐白了山頭
月眉深皺

一九八五年六月一日發表於《文藝月刊》第192期

三十九・呼喚

已為你護住故宇
不必再啣泥
已為你留住塵香
不要再擊壞
小燕啊　樓中有微火
有火溶你翼上風霜
請歸來

請歸來啊
傳薪而來的紅櫻雖已落盡
那杜鵑花的呻聲更濃
孤挺花的頸子伸長又伸長
焦急百合啊
馨香將燃盡

請歸來
請用雨絲織成雲朵
簪我髮鬢

請渡鵲橋來
唧一葉愛情給我

一九八四年五月二十五日作於淡水寄寓
一九八七年十二月發表於《曼陀羅詩刊》第2期
一九八八年三月一日發表於《文藝月刊》第225期

四十・暮詩三帖

之一

貓咪一樣地
黃昏款步而來

初升月是左瞳
夕陽是他酡紅右眸
是的　右眸是醉著了
醉飲急風湍水
暈頭跌落海宮
而左瞳卻睞著媚眼
是的　左瞳最愛美
你瞧她　一襲襲白紗衫
換了又換

喔　是的　也就在那時
我們最愛聯袂吟哦

笑指淡江
美的擲落

之二

夕照的塔影下
所有快門皆屏氣凝神了

時間的淚水匯成大河
大河上蕩漾鱗光
是鳶飛魚躍的倒影
而我最愛靜靜走過
和我的愛犬同看暮色嫣紅

紅的投影下
鷺鷥是斂衫濯足
不要回紅樹林的浪子
他只愛看落日的靦腆
愛歪著脖子學我散步

啊　這些這些
照相的人兒
都沒有注意到

之三——致祖父母

是誰贈以一枚溫婉的月
別在夜空襟前
照亮妳冷冷魚尾紋
笑開妳滿池皺水
這時　我荷笠帶鋤歸來
小牛哞哞依著我
妳在灶邊呼喚
晚餐時　我說老妻呀
那草又高過半邊天
正不禮貌的舔著落日紅粉
妳笑說我少年也像莽草
奪妳一生胭脂

草木於是紛紛搖頭
月兒笑彎了腰

一九八四年五月三十日作於淡水寄寓
一九八六年四月一日發表於《大海洋詩刊》第24期

四十一・七夕有感

銀河更深更冷
親愛的我已疲憊

織機織出來的相思布
已叫碩星們搶光啦
我僅撕回一角題上你的名
你接引的長繩我真的看不見了
你還有璀璨光芒嗎

命運如鵲鳥的黑翅
掩去了熟悉路徑
親愛的我已老邁
且讓牠啣著有你名字的碎布
溯流而上
但願你讀到我來世方向

銀河太深太冷
三生石上
我只能靜靜許願了

一九八四年八月十三日作於淡水寄寓
一九八四年十月三十日發表於《秋水詩刊》第44期

四十二 · 礦災一隅

父親的手腳讓誰搶去了呢
父親影子支離破碎
連媽媽也認不清了
媽媽固執的說
這不是爹爹
那血泊中喘著氣的才是

我不會不識得爹爹的
這毛絨絨臉頰才有疼醒我的觸鬚
我的爹爹躺在土封三尺的坑底下
緊唰著買給我的黑皮鞋

一九八四年八月十三日作於淡水寄寓
二〇〇八年十二月七日發表於《金門日報》副刊文學

四十三・致

瀟瀟雨意是你的心情
你的心情是落鎖的深宅
可否讓我再一次輕叩

讓我們踩著紅磚上的落葉
互數多少年來足印
再踱回故園　也許樹色青青
也許走過的石橋還在
那亭臺仍然無恙
也許芳香柔靜的小蓮
依然綻放

啊　親愛的朋友
那年蟬聲中相見
這一季蟬嘶裡
可否讓我們再一次重逢

一九八四年八月十四日作於淡水寄寓
一九八五年十月三十日發表於《秋水詩刊》第45期

四十四・中元普渡

海邊放滿水燈了
中元夜　人鬼兩契
燈船是送行的隊伍
照徹黃泉的幽昏

月光冷冷
海浪咬緊沙灘不願離去
星子詭譎笑著
顫抖的雲也要回歸

請不要做失群小鳥
日升之前　請快快入土
冥紙燃盡後
明年再來就飲

一九八四年八月十四日作於淡水寄寓
二〇〇八年十一月十一日發表於《馬祖日報》鄉土文學版

四十五・七夕盟

想說的話已鐫入龜甲
你能卜出我的心跳嗎
龜甲就藏在枕頭下
只為刺痛你
促你醒來　讀我的相思

甚且　鑲龜甲成一枚懷錶
而我魂魄附之
囑你守住鴛盟啊
不要忘了來世鵲橋會
雖你不覺　而我瞑目

一九八四年十月四日作於淡水寄寓
一九八五年八月一日發表於《文藝月刊》第194期

四十六・雨季

之一

這大地成繭了
雨季竟是吐絲的蠶兒
千重萬回　網住了行人愛笑的雙眼
也纏住了我們泛湖的雙槳哪

秋來小鎮　秋雨綿綿
泛紅泛紅的楓葉愁煞人
橘瓣慘黃的色澤裡
僅嗅得秋的腐屍

尚且奮臂搖櫓吧　且待羽化
要不　便化做稻草人
披蓑戴笠　擁一壟田園入睡
管它風溼溼雨滴答的呢

之二

雨季乃一潑野姑娘
不斷地手勾細紗
勒住黃昏
逼得蘆葦鬢毛盡衰
遠山含淚
我自雨地歸來
僅聽見野花們的低喟：
「雨季使山澗秀麗
卻瘦了我們的新姿」

一九八四年十一月八日作於淡水寄寓
一九八六年七月一日發表於《文藝月刊》第205期

四十七・過風城有感

初冬雨歇
矮房叢外斜陽底
我是忍不住斂翅的旅人

此去三里　是年少負笈的夢土
許仍有貓頭鷹飛至
咕咕地唱徹午后
星敲門花攬人
激起年少的夜呵
許仍有歌聲灌滿樓

那年響午　隱隱雷泣
以及滿庭涓滴紅淚的鳳凰
山前設筵
曾弄弦寫詩的
曾踏月追日的
少年時光一如秋晴掠過

啊啊　依舊華燈初照

依舊月芽初鉤

在此跳動餘暈的候車站間

心事羽化　是燕燕

繞樑躊躇

一九八四年十二月二十日作於新竹車站

一九八五年十二月一日發表於《文藝月刊》第198期

四十八・午後

成簇成簇的
林投舉箭戍守

互擲壘球　戲水與共
我們爭採珠貝於長灘
不理落日微笑的弄姿

而每一只貝殼都是來自龍宮
那迷人的彩紋
是他身世的詮釋

一九八五年一月二十一日作於淡水寄寓
一九八五年四月三十日發表於《秋水詩刊》第46期

四十九・春臨

你之上　天街喧騰
囀數聲黃驪鳥兒
咻幾陣暖暖風兒

水之屬　幽藍如鏡
柳腰兒彎彎
鷺鷥兒雙雙

簷之巔　小燕的影
是黑色雙槳是音符
恆撲翼向上

迸爍希望之啼

一九八五年一月二十五日作於淡水寄寓
一九八六年三月一日發表於《文藝月刊》第201期

五十‧相思樹

望著妳　矍鑠貞守
感覺彷彿是尤家烈女
千縷萬縷的情絲
青山連綿

望著妳　一樹黃花
感覺彷彿是痴情怨婦
千絮萬絮的髮鬢
飄寄天涯

而月色何其冷
遠景何其遙遠
白鷺鷥看見妳哭泣了
貓頭鷹聽見妳心碎了
一個在白天一個在晚上
輪班陪妳守候

當妳的綠身聳入雲表
也要繡相思於霞紅
縱相思成炭
也是千層萬層的心事
成炭之前以烈火表白

啊啊　那時灶前
燃木煮酒的人必要驚覺
怎麼酒忒香於前
竟是妳的蜜意太撩人

一九八五年二月十日作於淡水寄寓
一九八七年十二月一日發表於《文藝月刊》第222期

五十一・橄欖樹

童年遊戲的喧鬧聲
好像還在星光斑斕裡響著
深入僻壤　小徑飄帶似指向山腰
黃昏帷幕依舊滾邊燒紅
我們烤的甘薯是不是噴香如昔

校園落鎖　橄欖樹合力捍衛
是層層網羅阻我迢迢歸來
不識　在你華蔭下長大的孩子
怎不為我接風以沙沙掌聲

青青草地萋萋如故
每片葉上露珠還是抖著晶瑩
唯　甘薯噴香引不來小牛垂涎
始知　歲月是更深更密鐵網
擄走種種
不能履及
不能

一九八五年二月十二日作於苗栗私立大成中學
一九八七年十二月一日發表於《文藝月刊》第222期

五十二・給友人書

來信說已是雪融時刻了
當湖屬漩出清綠酒窩
人們便收拾起冰斧
趁殘雪　捏一座雪人吧
雪人的夢幻是冰涼地
冰涼地冰涼地
驚醒睡了一季的醡漿草哪

隔著千山萬水
春夜輕敲噠噠寒雨
我的外衣披了又擲　擲了又披
不能適應乍暖還寒節令
夜露冷了　病中懷想你正嗅著的旅途
是否正熱鬧地閃舞
萬紫千紅　蝶影重重

雪融以後　你踩著的新大陸
必有隱隱馨香來自地心

但不要忘了哪
天原盡頭
我小病初癒的身子是渴愛花香的
請留香氣於你箋底
讓魚躍太平洋　中傳尺素書

一九八五年五月一日作於淡水寄寓
一九八六年九月一日發表於《南風詩刊》第8期

五十三・八月

八月的晚空湛藍如水
八月飄忽的螢火如星

八月　小溪流漲滿年輕的綠
八月　七里香欲贏滿庭芳菲
滿庭　拾著裙裾的牽牛花兒愛凝望
凝望薄月
唔　薄月一如紙糊的燈籠

而軒窗前　我手植的新娘草
更早已纖纖地偎滿簷巔
欲嫁與南風
來回地來回地塗滿胭紅

一九八五年七月一日作於淡水寄寓
一九八五年八月一日發表於《文藝月刊》第194期

五十四・豐年季

散髮踢踏青青原野
原野盡頭　月兒初上小山崗
醉醺醺　我們以歌聲以杵聲
將疇原汗水釀成稻香

山中流螢唧著藍燈趕集來了
太平洋朵朵浪花也為我們伴唱
今夜　毋需詩詞歌賦
今宵　毋需管絃笙簧
赤膊吶喊
只管獻給山川喜悅的穀藏

星光下
酒是忘憂靈藥　露水是醒酒良方
月光下　你我搖響滿身金鈴
對著天狼星弓張
啊　這一泓沒有霓虹斑斕的鄉情
潑濺迴盪

便將此夜燃燒成黎明
沸騰了我們的胸膛

今夜　薔薇叢下蛙鼓如雷
與我們同祭那山川穹蒼

一九八六年一月二十一日作於永和寄寓
一九八六年六月一日發表於《笠詩刊》第133期

五十五 · 這個我

我在黑夜的夢裡驚醒
窗外兩三人影
溢滿酒氣　接吻怒罵
摟著腰肢　煽情踢打

我在黑夜的瞳孔中醒來
街燈下　鬼影幢幢
暗處奔竄的是不歸少年
每一扇窗扉都緊緊包裝

身為教師的我是否該探頭
該喝令他們回去面壁
而我也只是個長髮柔弱的女子
七歲孩子面前都會手足失措

我　慌張的熄滅每盞燈
被底下哆嗦難息
早市公車氣喘的趕來爭鳴
我　夢裡夢外一片狼藉

一九八六年三月七日作於永和寄寓
一九八六年九月一日作發表於《創世紀詩刊》第68期

五十六・畢業生

木棉落了
木棉的綠意鬧滿長街
我吹著口哨　像是個頑童
踢數木棉　靜待典禮敲鐘的一刻

回顧四年的夜歸
夜夜　錯把公車當搖籃
夜夜　是疲倦鐘擺
記得河邊風雨的夜行
風雨掀去我的傘
而我是潑溼的葵蓮
記得一排排酣睡小巷
而我勿返　任路燈織我的影子如魍魅

偶然　趁月色
巧和春夜的百合花香而眠
乍逢曇花夏夜的盛筵而醉
秋夜　浮雲掩著皓月

躲躲藏藏　要過萬窗的矚視
北斗星移　冬夜唱著幽藍小調
拍撫小鎮如陽光的手
映我回程巷底
照那賣肉粽的孤老頭

此刻我是多麼油然記起
當鳳凰木搖響驪歌促我排隊入坐
啊　是的

鳳凰花就這樣的開了
鐘聲就這樣的響了

一九八六年七月二日作於臺灣師範大學紅樓廊外
一九八七年二月十五日發表於《葡萄園詩刊》第97期

五十七·憶兒時

扶鐵枴而來
記憶蒼老的臉
滿是昔年紋路

童年打水漂兒的黃昏
一跳二跳三跳
水面上的皺紋是勝利的微笑

童年腳踏車輾過的斜暉
一疋二疋三疋
天空滿是晚霞彩衣的褶痕

童年打土窯爭搶紅蕃薯的午後
一條二條三條
龜裂稻田　是童年不解的未來

今夜月光下再玩一次老鷹捉小雞吧
一回二回三回
奔馳的心　是今日無法安定的夢魘

一九八六年十一月六日作於永和寄寓
二〇〇八年十二月十二日發表於《更生日報》副刊

五十八·堵車時間

五臟六腑都想衝出胸腔
看看啊問問　時間為什麼靜止
大腦的方向盤動也不動一下
安全島上作秀的灰樹
早已排泄不良　腸胃皆廢

紅綠燈懶得睜眼
所有車輛點穴了般低吼
此刻　我們已將完一盤棋
這路口勝負
卻尚未分曉

一九八六年十二月十八日作於永和寄寓
一九八七年五月十五日發表於《葡萄園詩刊》第98期

五十九‧鑰匙兒童

正要罰你跑步時
眼角餘光瞥見你胸前鑰匙
閃閃亮亮替你哀求
老師　我早餐還沒吃

改著你的作業簿
為你圈出的錯字一籮筐
正要罰你勞動服務時
我又聽到一串鑰匙叮噹響

今天你又遲到了
今天你又胡亂塗著簿本
今天你又被糾察員拎到升旗臺前
為的是放學後你約戰小明
雙方打得鼻青臉腫

凝重灰濁的北風颼呀颼
你和小明罰站在青天白日旗影下

可知我急切的眼神裡

有多少串鑰匙洶湧吶喊

老師　我不要回家

一九八六年十二月十九日作於永和

一九八七年五月十五日發表於《葡萄園詩刊》第98期

六十‧上班族

趕著打卡上班的步伐
猶如滾泥球
塵埃越厚　被輾走的青春越多
站牌下　你我是張張還未醒的臉

為了所謂升遷
你我是載沉載浮的汽球
是什麼灌滿球體呢
名譽　鈔票　還是愛情
汲井的朝朝暮暮中
有人騰空
有人破滅

而騰空也好　破滅也好
所謂生活
也只是影印機拷貝出來
一成不變
而又逐漸模糊的複製品

一九八七年六月二十四日作於永和寄寓
二〇〇八年十二月二十三日發表於《金門日報》副刊文學

六十一・都市彩虹

礦野上的虹橋有風箏搶著攀玩
山頂上的七彩有照相機奪命相爭
來到都市
就是戀愛中的男女也不曾仰望
多麼難料的寂寞啊
雨點梳洗過的馬路
又見車輛糾纏不清

不要忙著接吻擁抱
油煙你不要忙著遮住我腥臭我
紅黃綠燈胭脂交光的酒瓶車鳴
不要忙著乾杯不要忙著搶行
這場風暴後
你會看見我　站在高樓上
努力伸長　要讓你看見我
我不只是傳說

我是你患上近視眼之前
和你最親最愛的童年

一九八七年六月二十九日作於永和寄寓
二〇〇九年二月十五日發表於《葡萄園詩刊》第181期

輯二

闊別二十年

一・雪止

之一

雪止靜臥　雪高過肩頭
鏟雪車忙碌的早起
沿街過巷　要揹雪人回到山溝
我的雪鏟也不示弱
東推西拉　要留雪人宅院小敘
雪人啊　是否願與我對飲著濃熱咖啡
小談這場暴雪中
士農工商的暫歇清閒
若不　便領著我的雪橇滑向森林
尋找夏日溪頭鹿跡

之二

無聲無息　昨夜大雪
為小巷鋪上新氈
為我們的雪松掛上新的水晶項鍊
雪精靈　嬉戲無聲

竟吹滅了大廳爐火
熱被窩裡灑潑寒意
刺骨的冷　枯萎了
院裡溫度計
運河上當可溜冰了吧
雪都冰堡的嘉年華會就要開鑼了

之三

桐花不足以形容你的冷豔
鴻毛遠不及你輕盈
芒花更不如你柔白
今晨小雪　你悄悄躺上屋簷
窗玻璃上盡是你鑽石般六角掌紋
這裡那裡滿滿寫著你的心事
我自院中歸來
且讓我先抖落一身雪花
再替你想想
如何製成書籤保存你

二〇〇六年六月二日作於多倫多北約克
二〇〇八年二月十五日發表於《葡萄園詩刊》第177期

二·暴風雪中

是什麼使原本柔靜的你生氣了

任性扯落一床鵝毛

和水灌漿擲向人間

機場因你而錯亂了

你瞧瞧那隻隻巨鳥掩翅埋頭

車輛匍匐前進

雨刷忙亂的喘不過氣

你瞧瞧那一窩窩冬眠松鼠

滿枝亂竄　疑問奔雲何故狂嘯

何故灑落莽莽的白雪

紛飛

二〇〇六年六月三日作於多倫多北約克
二〇〇八年八月十五日發表於《葡萄園詩刊》第179期

三・雪臨

第一次閱雪　雪蕊絲絲
飄在哈里法克斯湖邊二月清晨^(註)
來自熱帶島嶼的孩子啊
笑問園中植了何種小花
蓓蕾紛落　圈滿這咖啡濃香小屋

今年賞雪　雪霏片片
落在多倫多紅牆院內二月清晨
依舊是窗前綻放的寧靜
依舊溫柔地吻著我的額頭
撫慰這十年一覺的異國夢遊

二〇〇六年六月三日作於多倫多北約克
二〇〇七年七月發表於《秋水詩刊》第134期

註：哈里法克斯（Halifax），加拿大東部Nova Scotia省省會。

四‧雪都四季
——記加拿大首都渥太華運河風光

大河隱隱含笑
鬱金香嬌貴顫抖
五月微冷中挺直含苞
紅橙黃紫的倒影水波裡粼粼
五月北國　萬頭鑽動
粉紅紫黑的花海中
來自各國的相機爭相競說
爭說花田下最美結局
請隨我來
鬱金香笑靨在水波中綻放

在水波中綻放
青青草原的馨香　槳聲中撲鼻
大樹撐起一把把花傘替我們遮蔭
最是慢跑者鍾情的驛站　紅鳥的小憩
飛也似的腳踏車森林逐鹿
驚起迅雷般奔過的小花栗鼠啊

你瞧　那忙壞了的守堤人兒
正調整水位讓那堤上的船隻過水閘呢[註]
請隨我來
頂頂帳篷鼓著圓臉在微風中打盹

在微風中打盹
葉葉金黃葉葉紅橙
楓樹的掌紋刻滿嘆息
正被脅迫的等待凋零
那不解心事的遊客
總是踩亂一地紅毯
你瞧　那整隊集合成人字
南飛的雁兒　追隨行雲而去
請隨我來
小果拾滿肚兜的松鼠準備冬藏

準備冬藏　燃起一室暖香
壁爐裡皇皇柴火　殷勤問好
初雪正輕輕地踩過獨木橋
要關起淙淙水聲呢
霜雪齊鳴　十里運河凍成溜冰場
我們邊嬉戲邊哈氣

那些雕雪雕冰的大俠們
又刀斧齊發地從各地趕來助陣
請隨我來
山中有數丈冰帷簾大河隱隱呼喚

二〇〇六年六月十五日作於多倫多北約克
二〇〇七年八月十五日發表於《葡萄園詩刊》第175期

註：加拿大境內有多條運河，用以連接各湖泊。各湖泊之間，水位落差甚
　　大，便興建水閘以利來往船隻通行。水閘開關的運作，由操作員用手驅
　　動齒輪，慢慢地將水閘開啟或關閉，讓船隻隨著水位升降，進入另一個
　　水閘，一直到通過整個水閘為止。

五・晚秋

葉已盡失　羞澀而光禿禿的枝椏
怯怯地等待初雪的白袍

紅葉飄
飄起了多少少年情懷
紅葉落
落盡了多少少年愛憐

我把落葉裝入袋中
我把往事織進夢裡
記憶盡失　老朽而木然的中年裡
快快地等待白雪的造訪

二〇〇七年五月十四日作於多倫多北約克
二〇〇八年八月十五日發表於《葡萄園詩刊》第179期

六‧春在多倫多

蘋果花開　鴛鴦的瞳孔中
穿梭著各色人種
各路方言吱吱喳喳
忙壞了正聆聽仔細的綠葉新芽

愛德華花園中迷途的小灰狐
乖乖當著模特兒
在萬千相機快門下求饒
小河潺潺　各色鬱金香兩岸陪笑
不同族群婚禮
忙壞了豪華檸檬禮車
雪拔大道商家正磨拳擦掌
要搶奪這一季商機
摩托車騎士也飆上了高速公路
而誰家少年郎開著敞篷車呼嘯而過啊

該讓割草機活動活動了
草香瀰漫家家戶戶

院中眩目的蘋果花
隨風繽紛

二〇〇七年五月十四日作於多倫多北約克
二〇〇八年四月十九日發表於美洲《臺灣日報》阿里山園地

七‧尋找記憶

被遺棄在廚櫃的某個角落裡
想成為大詩人的夢
被遺忘在哪個抽屜哪扇門裡
那些手稿摺在記憶深處應該好好的
遺忘了是該用哪把鑰匙
把記憶打開

我知道你也一直想成為王永慶
同樣被落上大鎖的夢
在追求安定的家庭計畫中
沉默的躺在食譜後面
糖醋排骨裡的甜味
魚香茄子中的豆豉呢

我不斷翻開冰箱
在生菜與沙拉醬間
尋找記憶

二〇〇七年五月十五日作於多倫多北約克
二〇〇七年十二月十五日發表於《創世紀詩刊》第153期

八・青春

青春哼著鄧麗君的歌走來
青春戴著面具喬扮成少年的我
憂鬱瞳孔裡總閃著期待
水晶球前不斷叩問未來

只是
兒子和我爭著聽搖滾樂或是貓王情歌
青春總悄悄躲進兒子房中
敲響那震耳欲聾的爵士樂

青春在丈夫逐漸加寬的腰圍間
嘆息著數著多少圈年輪
生活重擔嚴肅地鐫刻著刺青
丈夫臉上　滿滿都是

於是
女兒和丈夫爭搶著聽周杰倫還是鄧麗君
青春總悄悄站在女兒背後

用調皮的食指與中指比出 V 字

青春唱著周杰倫口白
青春拿著鏡子照見年近半百的我
鬢如霜　跟著哼「髮如雪」
鏡前梳理著過去

二〇〇七年五月十七日作於多倫多北約克
二〇〇七年十二月十五日發表於《創世紀詩刊》第153期

九・船要過水閘
——記加拿大Peterborough市二十公尺高的升降水閘（lift lock）^{（註）}

十九世紀的太陽划著獨木舟過來
微笑的問著伐木工人
為誰辛苦為誰忙
為要裹饑為要驅寒
伐木工人微笑的回答

為要驅寒
大雪前　要運木材過江湖
為要裹饑
河凍前　要取回皮毛魚肉
只有拼命鑿河貫通水域才能連接幸福

二十世紀的月亮彎著腰
運河上照見自己窈窕身材
微笑著對伐木工人說
這面做了一百年的鏡子真不錯
我要到每個水閘上逛逛

二十一世紀的星星閃著暗碼

微笑的問著遊艇

這麼漂亮要去哪兒

遊艇說伐木工人都上了高速公路

怕寂寞　我得努力招攬遊客

船要過水閘　日來兼程月來泊

戴著桂冠的彼得堡水閘

總撈走全球雲集的讚嘆

一升一降　篤實腰幹

日月星輝間訴說著歷史

二〇〇七年五月二十三日作於多倫多北約克
二〇〇八年四月十九日發表於美洲《臺灣日報》阿里山園地

註：一九〇四年落成的彼得堡水閘位於加拿大安大略省Otobanee River河
畔。三百八十六公里的Trent-Severn Waterway連接了安大略湖邊的Bay
of Quinte和Lake Huron邊的Georgian Bay，路經40水閘，彼得堡水閘
是第21號，且是世界上最高的雙塔水力驅動船水閘。水閘是利用平衡
力（Counterweight）原理，調整水壓，使一邊上升而另一邊下降。當
下降的平臺正好停在運河水面上時，水閘打開，水注入平臺。船開進平
臺，而後緩緩上升。而另一端（原本上升的一端）也同時讓船隻進入平
臺，而後緩緩下降。如此使原有二十公尺高落差的兩邊船隻，得以繼續
航行。

十‧漩渦

——記加拿大東部Saint John市的河水倒流（Reversing Falls）

你問我為什麼河水會倒流
當聖約翰河進入芬蘭灣之際
地球母親想耍什麼把戲
為什麼海水會拉高
推河水回頭

是個傳說嗎
還是月亮愛伸懶腰
早晚兩次
她的呵欠形成圈圈漩渦
你我好奇地數著揣著
遠處河水湍急的回頭
竟遇上狂奔而來的源水
好玩的遊艇便在急流中顛覆
那波瀾壯闊的交戰呵
導遊說許是潮汐的魔仗

啊　如果時間也能倒流
我願仍是個小孩
無語地
相信著每個傳說

二〇〇七年五月二十三日作於多倫多北約克
二〇〇八年六月二十二日發表於美洲《臺灣日報》阿里山園地

十一·山居十行
——記美國紐約州Catskill Mountain

匯流而來的山泉水
一路咕嚕地引我們來到這溪邊
冬的遲到
蕭條了這滑雪小山
深褐色枝椏
撼動著熙攘的星群

夜輕輕點燃童年瞅著大小熊星的勁兒
丈夫和孩子忙著尋找北極星
竟不知那少年時遺失的一地星光
在這山野小徑　早已讓我尋獲

二〇〇七年五月二十三日作於多倫多北約克
二〇〇八年九月十五日發表於《臺灣新聞報》西子灣副刊

十二・千島湖
——記加拿大安大略省東部
Kingston市Thousand Islands

是一千八百六十五顆星星墜入凡塵嗎
還是粉身碎骨來自億萬年前的彗星
星羅棋布　散做八十公里寬的早操隊
一二三四　　二二三四
早夏湖裡　答數著地球母親的指揮

是閃亮的鑽石　鑲在美加邊境
還是熠熠發光的金幣
浮在聖羅倫斯河口　安大略湖畔
那水鳥棲息的故鄉啊
是富人的渡假村

而我們最多只能乘著遊艇
從望遠鏡中捕捉島上人生^(註)
垂釣鱒魚　視此船為浮動島吧

享受那永不偏心的暮色
而或許更屬於中產階級的紅酒

二〇〇七年五月二十四日作於多倫多北約克
二〇〇八年七月一日發表於《大海洋詩刊》第77期

註：湖上小島大多在二十世紀就已「名島有主」，都為富有家族所世襲，極
　　少外租。

十三 · 桐花註

之一

猶如舞者　提白紗紅裙
應風的邀約　綠劇臺上翻旋
春寒中如翩翩白蝶
翅輕如雪　樹梢間溜轉

醉醺醺　花陣和溪鳴鳥啼
溜躂在早春懷裡
吹奏著雲娘出嫁的序曲
幕落時朵朵塵香墜入溝壑沼泥
在觀眾最忘我的瞬間嘎然而止
留不願離席的你我
樹下　悵然的撿拾著回憶

之二

是先祖提籃揮汗的手
揀拾桐籽
秋陽下我客家兒女
為換銀兩來溫飽
落葉間穿梭如蟻

而今油桐工業早成遺跡
是母親拄著拐杖相攜的手
精挑細琢的壓花成詩集
是父親拉著胡琴顫抖的音
訴說著花開花落的故事

二○○七年五月二十七日作於多倫多北約克
二○○八年四月二十六日發表於美洲《臺灣日報》阿里山園地

十四·營火

那年露營
八方趕來的笑聲
吹亂那熊熊營火
赤子如精靈
哼哼哈哈
火光中高唱
生命如錦繡

今年露營
佳餚美酒依舊滿桌
不見四面趕來的遊子
只你我兩家
楓林下　月冷如泉
嗶嗶剝剝的柴火中
交換著家國的心事

二〇〇七年五月二十八日作於多倫多北約克
二〇〇八年一月發表於《秋水詩刊》第136期

十五・蘭花頌

——記加拿大安大略省東部Lanark-Highlands郡的野生拖鞋蘭

野生花

囊狀唇瓣裡藏著什麼祕密

古木為你鋪好軟床

幽幽空谷中冉冉吐著芬芳

兩片花瓣啣著仙履鞋

是想振翅高飛

尋找出生地嗎

小小野生花

七十餘年日升日落花開花謝^{（註）}

妳的花魂已輪迴多少次

為何還不能忘記故鄉那個有情郎

二〇〇七年五月二十八日作於多倫多北約克
二〇〇八年一月發表於《秋水詩刊》第136期

註：一九三〇年代，加拿大農夫Joe Purdon在自家農場附近發現這批野生拖鞋蘭，從此悉心照料，拖鞋蘭得以生生世世繁衍。一九八二年Joe Purdon死去，遺願是期待政府收為保護區，並繼續照顧。而後他的遺願實現了。每年早夏，一萬六千多朵拖鞋蘭，常引來各地畫家和文人一遊。

十六 · 採櫻桃
——記加拿大安大略省南部尼加拉瓜瀑布途中水果郡Beamsville

把櫻桃來採
這向晚豔陽如許酩酊
園主熱心的為饕客驅車
彩霞已漫上小徑
美麗櫻紅成串綴滿林間
我們的腳步輕又輕

爬梯子和鳥兒爭食
多汁　香醇　味甜
無法形容只能鼓塞滿櫻桃的嘴
豎著拇指　用滿足的饕顏來回答
而數位相機已抓下你的韶華
歡樂中你無所遁形

把櫻桃來採
這滿籃喜悅可以相贈
歡樂中你小小心扉暢開

二〇〇七年五月二十八日作於多倫多北約克
二〇〇八年六月一日發表於美洲《臺灣日報》阿里山園地

十七・陽明山

那年我戴著斗笠　遙望擎天崗
山那邊　硫磺谷吐著輕煙
兩旁劍竹隨風起伏
我心響起　離別的歌聲萋萋
亙古以前
白芒草飄移來了這火山岩
為生存　髮穗搖成紅色
而我將去北國　踢起馬鞍
不會變色的那顆藍星
已悄悄升起

那年我卸下馬鞍　遙望異國原野
平原那頭　玉米田高高閃著金黃
我心想起　母親善理的劍竹筍
是否仍擱在餐桌上
多年以來
眉頭因羈旅成霜
我的頭髮並未轉紅反轉白

而少年壯志已成空
總想著陽明山上的那顆藍星
是否就是窗外閃耀的那一顆

二〇〇七年六月一日作於多倫多北約克
二〇〇八年三月一日發表於《臺灣詩學論壇》六號

十八‧煙火

轟的一聲　像交響樂團
那自樓裡迸出的火花
劃破了夜的虛無
瀑布飛泉閃著七彩　碎落地面
而走反了的流星向上急馳

你屏氣凝神跟著倒數
忽然發現
法文電臺播放著的
不就是臺北一○一大樓
二○○七年的天空

疊疊煙火　層層的放
每一束光芒代表一個願望
每一個願望都寫著自由和平

二○○七年六月二日作於多倫多北約克
二○○七年十一月十五日發表於《葡萄園詩刊》第176期

十九 · 淡水碼頭

我必須再回到那碼頭　有斜陽
吐就的紫紅色晚霞　有船隻
帶來漁獲的消息　有水鳥
棲身成群的沙洲

去看看河岸上的男女是否紅繩繫足
去嚐嚐淡水鐵蛋是否守著信約
在那裡　我歌我夢
在那裡　兩片流浪的雲偶然碰擊

是不是　我一睡千年已過
會不會　偎著堤岸的水草也已頭白
在那裡　子夜濤聲拍擊著記憶的岸
在那裡　細雨的黃昏總有些輕愁

再回到那海灘看看吧　曾採集
藍珠貝的少女時光　曾遇見
七彩的虹在水面上跳舞
在那裡　豪華遊輪的處女航已吹響

二〇〇七年六月四日作於多倫多北約克
二〇〇八年四月五日發表於美洲《臺灣日報》

二十·阿里山

之一

趁迷霧　螺旋上山的火車
嘟嘟
檳榔樹毛筆般向天揮毫
寫下無字天書
多子多孫的龍眼林氤氳裡
嘶嘶

火車之字型的表演特技
碰壁後轉彎又見天地

那暖風吹來樟木香味
雲天之中又見老橋與隧道

來一客轎蒿筍炒肉絲
帶走一罐龍眼花蜜吧

一陣寒風後卻見扁柏與杉林
趁迷霧　寶山的盛宴已揭幕

之二

晚霞是紅橙黃的混血兒
生來便俱各種風華
沉思中的緋紅
預告著天晴
今夜　美與寧靜點亮了你的心燈

暮靄中那夫妻樹擁天擁地擁日月
相伴共眠了多少夜
而不同的語言只為表達
同一片霞光　同一種情緒
今夜　愛與了解點燃了你的思念

之三

祝山觀日火車僕僕風塵趕來
載走了千百顆翹首的心

黑夜裡的期待

熠熠發光

如等待揭榜的書生

如暗戀中等待初吻的少年

當青山吐出了那枚傳說中日出

你處子般的興奮跳動一如朝陽

旭日躍升的喜悅隨雲海蕩漾

那浮沉的山脊如鯨翼

那耳邊滑過的雲啊一如少女的憧憬

細而沒有方向

二〇〇七年六月八日作於多倫多北約克
二〇〇八年三月二十二日發表於美洲《臺灣日報》

二十一‧春回太魯閣

立霧溪挾奇萊北峰的雨水
舉大斧劈山而來
留下倔強的大理石
留下滿河床淚痕
滔滔地洗盡
那曾為淘洗砂金所留下的疤
那曾為領土而戰所留下的傷

春回峽谷　峽谷溫泉是地心的熱呀
那惹滿塵埃的遊客總迫不及待的試探
翠綠一身而小臉塗滿紅黃藍黑的五色鳥
嘓嘓嘓地呼叫著布洛灣裡的百合花
多像那女織布男狩獵的世紀
那諧音迴盪在沒有了燕子的燕子口
那回音投擲在沒有了蓮花的蓮花池

深邃的九曲洞蜿蜒而去
那廊外僅有的天空仍睬著眼

傳說你族人織布上的菱形紋
是祖靈的眼睛護祐著後代
那麼當你撫摸著這巨龍的軀體
可否請願　讓燕子不再爽約
可否請蓮花捎來葉葉水中信

二〇〇七年六月十一日作於多倫多北約克
二〇〇八年一月十五日發表於《文學臺灣》第65期

二十二 · 清水斷崖

開天闢地以來　我知道
你一直未曾得到過安靜
海洋總是自負的對你嚷著
而你從未有過清閒
你須不斷的踢走海洋拋來的滾邊白球

千仞肩頭聳入雲表
萬里海洋與天一線
你的堅毅　海的賴皮
那不得了的險峻曾令年輕的我嚷著
不如乘風而去

蘇花公路皮帶似纏著你的腰
我以近乎垂直的方向俯瞰海洋
我的頭疼　海的狂笑
那嚇死人的斷崖總令年邁的我嚷著
不如歸去

二○○七年六月十二日作於多倫多北約克
二○○八年七月一日發表於《大海洋詩刊》第77期

輯二 · 闊別二十年　149

二十三・野柳女王石

我已在這兒住了許久了
衛士們都化做蕈狀石
依舊忠心地守候著我
而那些我們秉燭夜遊用的燭臺^(註1)
也仍舊擱在岸邊

我已在這兒看了許久了
那頭小象為何總不肯游過來^(註2)
那條已化成石的鯉魚為何總不放棄^(註3)
我的那雙鞋為何總少一隻^(註4)
而鷗鳥為何不會化成安靜的石頭呢

我已在這兒想了許久了
有一天我將死去
我的頭顱將隨浪花而走
浪花將攜上我的魂
到海的盡頭　尋找你

二〇〇七年六月十三日作於多倫多北約克
二〇〇八年七月一日發表於《大海洋詩刊》第77期

註1：指風化成燭臺似的石頭
註2：指風化成鯉魚躍龍門似的石頭
註3：指風化成小象似的石頭
註4：指風化成仙女鞋似的石頭

二十四・淡水紅樹林

陽光燦爛　她吐著白色花絲
望向河口　回憶著自己是如何脫離母親
當臍帶化為根苗
落入軟綿綿河床
水筆仔開始了與招潮蟹遊戲的童年

童年在日升月落間騎著潮汐
無聲無息離開了
母親與先祖們早已化為軟泥
繼續哺育這片土地
熱鬧的河口　依舊擠滿著無數蝦蟹
日來月往　她守著先祖遺囑
棧道邊　挺著一樹胎生的幼苗
等待黑面琵鷺帶來海天之外的消息

二○○七年八月十三日作於大多倫多區列治文山市
二○○七年十一月十五日發表於《葡萄園詩刊》第176期

二十五・臺北盆地

從這大樓頂端俯瞰臺北盆地
遠處三角形輪廓猶如船頭
而我是桅杆上努力張望的水手
遠處茫茫的白煙如霧

如霧會散
那迫入眼簾的是滿城樓海
街道猶如填滿棋子的棋盤
我的這顆棋子遲遲找不到將軍處
只能向空拋擲
讓自由落體去決定勝負
自然我是敗了
啊　敗了也好
至少收拾起怔忡好勝的不安
對著睡意矇矓的大屯山清吼

二〇〇七年八月十四日作於大多倫多區列治文山市
二〇〇八年三月三十日發表於美洲《臺灣日報》

二十六・臺東海岸

如果我能再回到那海灘
那以擁抱之姿迎著太平洋
半月形的金色沙原
如果我能使那早已彼此相忘的影子
在擱淺的記憶裡醒來
我會記起沙灘上曾寫過的字

如果我能冬眠在那海蝕洞穴內
一季而後我會明白海的語言
我會將它翻譯成冊
寄給三十年前的自己
那愛著海而又因不了解海
快快離去的少年

二〇〇七年八月十四日作於大多倫多區列治文山市
二〇〇八年一月十五日發表於《文學臺灣》第65期

二十七・梨山清晨

那連綿的梯田還種滿高麗菜嗎

圓圓滾滾酣睡於料峭的清晨

那綴滿樹身的水蜜桃

風鈴般還在那兒不住的顫抖嗎

七月　打工的學生一一上山

那滿山灌以雲霧的水梨還在那交換著耳語嗎

那時我們趴在樹身上交換嚐著的梨啊

被我們丟棄一地的種子是不是也開花結果了

那些清晨總在忘我的懵懂中醒來

沒有過去與未來不斷糾纏的日月

如此如此遼闊

如此如此輕鬆

二〇〇七年八月十五日作於大多倫多區列治文山市

二〇〇八年一月發表於《大海洋詩刊》第76期

二十八・鵝鑾鼻

你去過那光與雲變幻不休的南臺灣嗎
那裡胖胖酒瓶椰子樹跳著草裙舞
那裡珊瑚礁旁總住著多彩的魚
你吃過碩大如木瓜的芒果嗎
黃澄澄誘你以甜甜的相思

啊　那藍得近乎透明的海與天
在貝殼砂岸邊互擊成回音
而那海浪總徐徐抓走貝殼又放了她
那時年輕的我剛好走過
走過那如明鏡般的珊瑚礁海岸

二〇〇七年八月十六日作於大多倫多區烈治文山市
二〇〇八年一月發表於《大海洋詩刊》第76期

二十九·溪頭

濃霧起時
總不見了那竹林間美麗新娘的白紗
谷間　那縹緲的雲總愛凝成露珠
滑落自銀杏葉尖端
沁涼地叩著我掌心

夜寒時　星子與螢火蟲都舉燈而來
連袂著要做我的嚮導
我怎能入睡
在那令人眩目的星光斑斕裡
在那濤聲滾落自群山的溪鳴谷應間

二〇〇七年八月十六日作於大多倫多區烈治文山市
二〇〇八年一月發表於《大海洋詩刊》第76期

三十‧布袋戲

童乩舞劍的迎神賽會後
那些木偶便在鑼鼓喧天中復活
觀眾不嫌板凳不柔軟
不在乎蚊蟲滋擾
無視暑日寒天
他們翹盼的是那掌中演繹的
千古以來酸甜苦辣的人生

曾經布袋戲偶也上了電視
看那雲洲大儒俠史艷文是如何上天入地^{（註）}
猜那蒙面的藏鏡人該會有怎樣的結局
曾令農人忘記耕作　商人忘了數錢
路旁商家電視機前總擠滿忘記回家的學生
那沒有微軟和任天堂遊戲機的歲月
掌中布偶是他們手中的搖桿

搖啊搖　搖進二十一世紀的臺灣
仍是忘記回家留連網絡商店的學生

怎信那躺在櫥窗裡的木偶
曾是活生生的萬人迷

二〇〇七年八月二十一日作於大多倫多區烈治文山市
二〇〇七年十二月十五日發表於《笠詩刊》第262期

註：史豔文與藏鏡人均是一九七〇年代黃俊雄布袋戲團的主角戲偶。電視開
　　播以後，每到中午時曾造就臺灣萬人空巷，百業自動歇止的盛況。

三十一·澎湖行

陽光拂灑的玄武岩　多變的形貌
是海風刻劃的　浪花也來雕塑
老榕樹下　一步步懷想
盤根錯節的浮印　三百年來智慧
是四百多歲媽祖宮前信徒的靈憩地

天人菊和小雲雀也喜歡這空曠群島
古厝邊攀緣的菱角絲瓜與仙人掌
分別指向四方藍藍的海
澎湖灣旁　你燦爛的笑　我的會意
那海風吹亂的不是你的髮
而是我急急切切向你的去處張望
那暖暖的心

二〇〇七年八月二十二日作於大多倫多區烈治文山市
二〇〇七年十二月十五日發表於《笠詩刊》第262期

三十二 · 日月潭

相擁著美麗傳說入眠的雙潭尚未醒來^(註)
拉魯島卻輕吐著剛紡就的白紗
遮遮掩掩戲弄園裡的孔雀
於是牠們紛紛開屏
爭搶著晨光傳來的愛意

於是人們也拉起錨向湖心駛去
他們想打撈的是波光裡粼粼書寫的情歌
儘管玄奘寺鐘聲傳來
無人體會那捨棄即得正果的梵音
只是拼按快門不讓心休息
我踩著文武廟三百六十五階天梯
複習著過去每一天
驚覺是我患了遺忘症還是日子太無聊
每一階竟是茫茫白卷
此刻最好打坐學學潭水的無心

於是我靜了

不再計較明日漲跌停

聽風　風已無聲

聽樹葉　葉亦不再低語

我在絕對的寧靜中新陳代謝

二〇〇七年八月二十二日作於大多倫多區烈治文山市
二〇〇七年十一月十五日發表於《葡萄園詩刊》第176期

註：那大尖哥與水社姐斬惡龍，還天日月，而後疊立成周圍青山的故事。

三十三·廟與教堂

曾經在高唱聖母瑪利亞的歌聲中醒來
白雪霏霏　教堂鐘聲總在聖誕夜裡特別宏亮
曾經在佛陀前長跪不起
餘香裊裊　廟裡回音總在除夕夜裡格外清晰
於是我在朝聖隊伍中頻頻追尋
瑪利亞無聲　佛陀亦無語

隨風飄浮　人世一遭
多少陰晴圓缺過去了
多少愛恨情愁揮別了
在那清晨陽光照耀的羊腸小徑上
我終於明白
無關乎所謂受洗亦無關乎皈依
我知道　愛與希望才是真正信仰
在愛與被愛中生命獲得肯定
在永不乾涸的希望中生命會獲得延續

二〇〇七年八月三十一日作於大多倫多區烈治文山市
二〇〇八年六月十五日發表於《創世紀詩季刊》第155期

三十四‧冰雕

如何在你最美時刻保留你
當拂曉陽光逐漸蝕去你的輪廓
我心急的揣度著
如何在你最脆弱時候守護你
當午後陽光以它的力度和亮度逐漸削去你的稜角

無力的無奈的　我僅能以相機攫住你的影
並將它夾在書扉間
一遍遍想像你那已不在世上的笑容

二〇〇七年九月二日作於大多倫多區烈治文山市
二〇〇八年六月十五日發表於《創世紀詩季刊》第155期

三十五 · 瀑布
——記尼加拉瓜瀑布

走一趟大壯觀　無法言語
走一趟大震憾　無法思考
如夏日雷鳴滾滾不歇
如莽原獸奔轟轟不止
衝下斷崖的氣魄
飆出了九天的元氣
血脈賁張　聽見你腎上腺素的號角聲嗎

觀一回大澔瀚　日月嘆息
觀一回大滂渤　水舞珠號
穿戴雨具乘船繞行棧道邊仰望
感覺那水珠按摩著你肩背的力
感覺那天鐘地鼓搥擊耳膜的氣
啊　那被徹底洗刷過的身心
上岸後猶閃著驚叫過度的淚

二〇〇七年九月二十六日作於大多倫多區烈治文山市
二〇〇八年五月二十五日發表於《美洲臺灣日報》阿里山園地

三十六・楓葉情
——記多倫多北郊楓葉郡Muskoka

捐出寫了整個夏天的斷簡殘篇
請秋天烙上紅印送給飄揚的風

風在鋪滿紅氈的鄉間小路上
撿拾那嘔心瀝血未完成的夢

誰能譯解那滿山遍野的紅
是那火熱的愛是那熾烈的情嗎

風在泛紅的湖面上蜻蜓點水
不在意的撒落那片片赤誠

二〇〇七年九月二十七日作於大多倫多區烈治文山市
二〇〇七年十月二十八日發表於北美《世界日報》副刊

三十七·網際傳情

同一輪明月　輪流曬著不同疆土

同一枚月亮　總先造訪你的小閣樓

當你正享受月娘清輝時

不要忘了我仍在線上敲著鍵盤摸著滑鼠

「你等著我勤奮打字萬里之外送出指令吧」

「你聽見我鍵盤恰恰回短訊給你的脈動嗎」

網際傳情　你我的對話再不會有時差

彈指間　情意順著電子

瞬間　它來叩動了我的銀幕

一波又一波

二○○七年九月三十日作於大多倫多區烈治文山市

二○○八年七月發表於《秋水詩刊》第138期

三十八·雁

夏天　你們攜著子女昂首闊步
四面來往的車輛被迫止輪等待
目送你們一家子搖擺過街

秋天　你整群族類叱吒雲間
一隊隊的飛過那塔樓
向南方行宮馳去

冬天　落在超市屋頂上的你們
引來熙來攘往的注視
是否耽於戀愛　忘了集合時間
還是迷戀熱情舞臺　嘎嘎地要求掌聲

　　　　　　　二〇〇七年十月一日作於大多倫多區烈治文山市
　　　　　　二〇〇八年九月十八日發表於《臺灣新聞報》西子灣副刊

三十九・老花眼鏡

小時候總愛把玩祖母的老花眼鏡
看她歪歪斜斜戴著
而我咕咕笑彎了腰

長大後看見母親也掛起了那兩副薄片
時時跌落鼻架的模樣
讓我的孩子哈哈大笑

年過四十　逐漸發覺我的眼睛也已生花
從此我不時尋找那副眼鏡
跌跌撞撞地數落著胡亂擱放的自己

二〇〇七年十月一日作於大多倫多區烈治文山市
二〇〇八年四月發表於《秋水詩刊》第137期

四十・樹根

努力抓住地心裡層層溫存
於是溫存珠結成星星一樣的果實
綠的天空底耀著金光

拼命吸住土壤裡盈盈芳香
於是芳香滋養成花葉繁茂
插在大地這一等一的花瓶上

不必怕冬天的缺貨
盈盈的乳汁來自地心
纍纍的果實笑著如沉睡中的嬰兒

二〇〇七年十月十六日作於大多倫多區烈治文山市
二〇〇八年八月十五日發表於《葡萄園詩刊》第179期

四十一‧牆上記事

月暈借樹枝的手在牆上揮毫
寫滿一夜夜思念
陽光借雲的纖掌在牆上染印
繪滿一幅幅倩影
我想把心意留給你便借這堵牆著墨

迢迢二十年後我尋址歸來
只見滿園頹牆　而對你的戀
也不過是落日晚霞裡消褪的一抹殘紅

二〇〇七年十月十七日作於大多倫多區烈治文山市
二〇〇八年六月二十一日發表於《中華日報》副刊

四十二・股票族

你的心扉隨著數字開合
你的眉頭隨著數字起舞
你在那起起落落上上下下的圖形中
操練手上的一兵一卒
你在地鐵站上從不多看別人一眼
因為你太忙碌了
你胸中的山林丘壑忙著隨數字翻飛
於是有人向你問時間
你毫不猶豫的說一萬二千點
昏倒眾生　你快步的下了地鐵

二○○七年十月十九日作於大多倫多區烈治文山市
二○○八年五月十五日發表於《葡萄園詩刊》第178期

四十三・曙光

又是雪雨濃霧的早晨
厚重的烏雲團團摀住宇宙的眼
層層疊疊地堵住曙光的金馬車隊
我穿林而過　每一步都是尺深雪泥
一步一坑　心思也越陷越深

曙光忽左忽右忽隱忽現
像要擠出鑽出衝出如鐵網般的雲堆
卻被雲朵一巴掌一巴掌打回
大霧吞沒了襤褸來時路
我在雪林中進退不得

懊惱中　天空忽暗忽明
漸漸地曙光奪雲而出天晴
對著乾坤怒放他今早遲到的笑臉
鞠躬享受擊出全壘打後的滿堂喝彩
多好啊當涼亭也撐著傘出現眼前

聽雨雨停了　聽風風走了
亭間小憩　我比知更鳥更雀躍
我比雲清霧散的天空更藍淨
邁開大步吹著口哨徐行
儘管我還有半程的雪泥要橫渡

二〇〇七年十月二十四日作於大多倫多區烈治文山市
二〇〇八年九月十二日發表於《臺灣新聞報》西子灣副刊

四十四·候車亭裡

你快速的複製這世界
控制鍵Ａ控制鍵Ｃ控制鍵Ｖ
柔柔纖指游移過的鍵盤低沉回應
回應你萬里之外一朵雲流浪的故事
你快速複製那朵雲的樣子散發給你的族類
你號稱沒有浪費一分一秒的青春歲月
是否也在不斷的複製愛情
而從不曾佇足思念的愛情是否也可以釀成蜜
那公車急急趕來椅子還沒坐暖的候車亭間
你誤失的霞光啊是否也可以複製

二〇〇七年十月二十四日作於大多倫多區烈治文山市
二〇〇八年四月發表於《秋水詩刊》第137期

四十五・主婦狂想

吸塵器吸走了妳頭皮裡掉下來的夢屑
洗碗機嘎呀狂想它正在高速公路上飆車
冰箱也正腸胃不良倒吸著氣
快逃出這即將爆炸的屋子吧
林間有霽月有鹿群靜靜吃草

抽油煙機轟轟吸走妳臉頰上的紅暈
洗衣機隆隆有氣沒氣的低吼
爐火正怒眼紅紅如魑魅
快逃出這即將爆炸的心宇吧
公園裡慢跑讓太極拳的晨隊舒緩妳

二〇〇七年十月二十六日作於大多倫多區烈治文山市
二〇〇八年五月十五日發表於《葡萄園詩刊》第178期

四十六·時間之歌

時間如橋墩下的流水如落花
時光之流如落花款步小院裡
時光之花從不喚醒貪睡中的人兒
鬧鐘只能滴滴答答記錄它心跳的韻律
紅燭只能嘶嘶地順著它的節拍起舞
而日晷暈暈轉轉也僅能捕捉到它的影子

有誰能知道它的住處
噓　不要出聲
沙漏正仔細聆聽它步履遠去的方向

二〇〇七年十月二十九日作於大多倫多區烈治文山市
二〇〇八年三月十八日發表於北美《世界日報》副刊

四十七‧小窗

如果有一天蝙蝠也愛在白天歌唱
那麼人間將會有黑色音符來休止喧嚷
不要倒掛在黑漆漆的洞裡
打開屋之窗　讓滿天朝雲沐浴你

如果有一天黑貓不再躲藏暗處
那麼世界將會有黑色靜物來點綴紅塵
不要在黑幽幽的夜裡嘆息
打開眼之窗　讓白日陽光燦爛你

打開屋舍的每一面窗吧掀開你的眼簾
滾滾紅塵這個樂團依舊吵鬧不斷
快揚起你的指揮棒吧
打開心之窗　奔向最遠最遠的那一片霞光

我呀　是如許期待著　為你

二〇〇七年十月三十日作於大多倫多區烈治文山市
二〇〇八年五月十五日發表於《葡萄園詩刊》第178期

四十八・鹿之語
——記渥太華故居附近的森林
保護區，我經常在那裡等
待麋鹿的影子。

我騎著腳踏車穿行落葉林中
輪胎黏滿紅葉的糾纏
甩不掉的輕愁越滾越厚
我需要下車撥開煩惱
我下車　然後我撞見了一頭鹿

三公尺前牠定住了
高高的犄角大大的眼睛
豎立的耳朵細細的腿
牠驚懼眼神裡有我
我抖顫心情裡有牠

不敢稍動　我被裱褙在秋林如畫
我想我是不是堵住牠的方向
牠想牠是不是該拐彎繞過我

我想牠會不會正餓著
牠想我會不會給牠送來乾草馨香

而這樣的對望結束於一聲笑
我笑因為我終於認出牠
牠跑入林中也回頭想
「啊　這人好像去年送來乾草過」
只是去年乾草的美味還香在牠的喉管嗎

我踩著腳踏車穿行落葉林中
落葉窸窣　滿林翻飛的紅葉
隨風而逝
滿林翻飛的輕愁
隨鹿啼而邈

二〇〇七年十月三十一日作於大多倫多區烈治文山市
二〇〇八年五月三日發表於美洲《臺灣日報》

四十九·風的對話

風在林葉間跳著格子
引起風鈴一陣竊笑
風靦腆的說他思念童年玩伴
風鈴叮叮噹噹的唱和
這時　我愛順流放下兒時紙船
倚著欄杆　傾聽風與風鈴的細語

風拂過風車的肩背
風車便陀螺般轉呀轉
風說他渴望童年的無憂
風車呼呼點頭
這時　我愛亭臺小立
舉著風車　聆聽風與風車的交耳

風要帶著風箏到天涯海角去
風說他要回到兒時的家鄉
那兒農舍靜靜有漫步悠遊的水鴨
風箏噗噗相隨

這時　我愛鬆手放線
仰望風箏　咀嚼風與風箏的對答

風要送白帆走過萬水千山
白帆說：你來我走　你不來我不走
風說：別傻了　美麗殞星總早早逝去
白帆說：我將永遠漂在原點等你
這時　我愛升起纜繩
揚起帆船　反芻風與白帆的情話

風說：我本無聲無形亦無情
熱氣球說：我將引爆你心中虛火
風說：那麼請帶我回到我愛的白帆身旁
熱氣球說：你的心海我已點燃
這時　我愛加熱高飛
乘熱氣球　玩味風與熱氣球的廝磨

二〇〇七年十一月三日作於大多倫多區烈治文山市
二〇〇八年八月二十九日發表於《臺灣新聞報》西子灣副刊

五十・候鳥

許多年來總想著落葉歸根與落地生根的紅線

落地生根有著情寄天涯後的圓滿

落葉歸根有著漂泊海角後的滿足

總貪心的想擁有這兩種現況

我要在北方大雪紛飛時回到南方故鄉

享受熱帶海島冬日的暖陽

我要在南方烈日炎炎時回到北方家邦

在夏日涼涼湖水中拾影泛舟且清唱

於是我成了候鳥

南來北往卻不知會葬身哪巢

二〇〇七年十一月八日作於大多倫多區烈治文山市

二〇〇八年七月發表於《秋水詩刊》第138期

輯三

童心

一 · 偏食

為什麼有的樹

高高大大的

有的樹又矮又瘦呢

哈哈　一定小樹們都偏食

才跟哥哥一樣

老是不比我高

一九八四年三月十一日作於淡水忠山國小

一九八四年九月發表於《中國時報》美洲版兒童天地第272期

二・羨慕

魚兒蝦兒
最羨慕青蛙了
因為他既會跳遠
又會表演肚皮舞
青蛙最羨慕蜻蜓了
因為他會飛又會水上輕功
蜻蜓最羨慕魚兒蝦兒了
因為他們又漂亮又會潛水

池塘裡沒有誰滿意自己
他們的日子都很苦惱

一九八四年三月十五日作於淡水忠山國小
一九八四年九月發表於《中國時報》美洲版兒童天地第276期

三‧預兆

霧弟弟啃掉了
半截山崗
雲哥哥就把
整枚太陽吞下
這對孿生兄弟
如果再比下去
雲爸爸就會大吼了

一九八四年三月十九日作於淡水忠山國小
一九八四年九月發表於《中國時報》美洲版兒童天地第271期

四·汗水

爸爸掘土的時候
汗水是滾落的珍珠
打醒了熟睡的嫩苗
也敲醒了
我愛玩的心

一九八四年三月二十日作於淡水忠山國小
一九八四年九月發表於《中國時報》美洲版兒童天地第278期

五・汽車與牛車

汽車是飛毛腿

牛車是慢郎中

汽車拉著牛車

駛向霓虹燈的都市

牛車牽著汽車

走回青蛙的樂園

哞哞

叭叭

倒底誰會贏呢

一九八四年四月十二日作於淡水忠山國小

一九八四年九月發表於《中國時報》美洲版兒童天地第270期

六・爸爸

太陽拼命工作

一定全身是汗了吧

好不容易等到黃昏

他才能噗通地

跳進海裡洗澡

爸爸也是

我給爸爸放一盆涼涼的洗澡水

爸爸的嘴巴

笑得像太陽那麼大了

一九八四年四月十五日作於淡水忠山國小
一九八四年十月發表於《中國時報》美洲版兒童天地第289期

七·老師的眼睛

老師的眼睛是魔術鏡
一照
就找到我生字簿上的錯字
再一照
連書包裡的小青蛙
都躲不過

更厲害的是
小毛沒寫作業
老師瞧他一眼
就知道了
老師的眼睛可能是水晶球
我們誰都不敢不乖

一九八四年四月十五日作於淡水忠山國小
一九八四年十月發表於《中國時報》美洲版兒童天地第293期

八・燈塔

黃昏謝過了掌聲

燈塔武士就出來放哨

一點也不怕熬夜的辛苦

他找回了迷失的船兒

也提醒大家

今晚月黑風高

大家要小心

一九八四年四月十七日作於淡水忠山國小

一九八五年九月三十日於《中央日報》兒童週刊1857期

九‧回音

是不是大自然
也有一部錄音機
還是對面山上有人惡作劇
學我這麼喊
學我那樣叫

一九八四年四月二十三日作於淡水忠山國小
一九八四年九月發表於《中國時報》美洲版兒童天地第269期

十·路的眼睛

路有好多眼睛啊

紅的　黃的　綠的

有的還瞇成劍眼

一會瞄那邊

一會瞄這邊

所有的人都聽他的

真是神氣

一九八四年五月七日作於淡水忠山國小

一九八四年十月發表於《中國時報》美洲版兒童天地第284期

十一・秋天

和秋風玩著拔河遊戲的
是那些小葉子
加油　加油
蘆葦吼得頭都白了
加油　加油
楓葉也嚷得臉頰通紅
直到秋末
大家都無精打采
秋風便收割一樣的
揚鞭滿載而去

一九八四年五月十日作於淡水忠山國小
一九八四年十月發表於《中國時報》美洲版兒童天地第291期

十二‧告訴老師

小麻雀天天歌唱
怎麼不會難過呢
老師天天改作業
怎麼不會生氣呢
我的鉛筆煩得不得了
老是弄斷自己來抗議
我的橡皮擦煩得不得了
老是弄黑自己來抗議

我要在簿子後面
畫一隻瘦青蛙
嘓嘓的告訴老師
我們都好可憐喲

一九八四年五月十七日作於淡水忠山國小
一九八四年十月發表於《中國時報》美洲版兒童天地第287期

十三‧溪水

溜著山伯伯的小滑梯

溪水弟弟笑著下山來

嘩啦啦地經過草原

草原把他洗得更綠了

咕嚕嚕地流過鄉村

鄉村把他擦得更亮了

可是當他潺潺地走進城市

天曉得是哪裡潑下來的油漬

弄髒了衣裳

弄黑了臉

溪水弟弟回不了家

哭得滿城變一片汪洋大海

一九八四年七月二十一日作於淡水忠山國小
一九八五年二月二十五日發表於《中央日報》兒童週刊第1826期

十四・換牙

好多同學和我一樣
都在掉牙齒喔
現在是秋天
難道牙齒也像樹葉
愛在秋天掉啊
如果是那樣
明年春天一定會長出
漂亮的牙齒像雪白的牆壁
那時　我一定要天天刷洗
才不會又讓蛀蟲給吃掉了

一九八四年九月十四日作於淡水忠山國小
一九八五年六月一日發表於《臺灣新生報》兒童版

十五 · 流星

是天使提著燈兒吧
一定是邊走邊打瞌睡
才不小心地滑了一跤

現在沒有人知道它的下落了
被拖跌到哪兒去了呢
有沒有人救他呢
真是可憐喲

一九八四年九月十四日作於淡水忠山國小
一九八五年十一月十八日發表於中央日報兒童週刊第1863期

十六‧風兒

風　高高興興跑來
想給燭火一個驚喜
噗的一聲
卻把燭火弄熄了

風　快快樂樂飛來
想給鷺鷥一個歡呼
拍拍幾聲
卻把白鷺鷥嚇走了

可憐的風兒
找不到好朋友
只好躲在山谷間
吹著口哨兒給自己聽

一九八五年五月十七日作於淡水忠山國小
一九八五年十一月五日發表於《臺灣新生報》兒童版

十七・心事

麻雀最愛站在天線桿上

得意地瞧著我說

你看　我有整片天空可以遊玩

你只能在公寓的籠子裡散步

一九八六年一月二日作於中和積穗國小
一九八六年七月二十七日發表於《臺灣新生報》兒童版

十八・浪

是不是一次比賽呢
看誰在堤岸上畫的風景最漂亮
一波又一波　彎腰駝背的浪啊
真像是沙漠中的駱駝大隊
那麼辛苦　卻又再接再厲地
要搶先畫完這幅圖

一九八六年二月二日作於中和積穗國小
一九八六年三月十七日發表於《中央日報》兒童週刊第1879期

後記

　　十四歲那年，本只是為了拿高分，而在國文老師鍾天送先生的引介下，不小心讀完《胡適文存》並且無緣由地愛上了徐志摩的詩；十六歲那年，又無意的讀到鄭愁予先生的《夢土上》而為之著迷。這些偶然，促使我在十七歲那年（一九七八年暑假），參加了淡水復興文藝營，並被編列在李白組余光中先生的門下，從此開始我懵懂而浪漫的追尋。

　　途中我退怯過，而且一脫隊就是長長的二十年！二十年間結婚生子、去國離家，從多倫多開始，在加國數個城市中輾轉遷徙，最後又回到多倫多。我該歇息了，選擇重新寫作，更是一種不悔而更執著的追求。

　　只是為什麼選擇寫詩？寫詩既不能謀名又不能謀利！君不見，暢銷書的排行榜中是鮮有詩書的。去年我在加拿大最大的連鎖書店Chapter，找美國名詩人Robert Frost的詩書時，在詢問店員之後，他領我到一個小角落。「They are all here! No one touched them before.」唉唉，詩人的寂寞，古今中外皆然。

　　所以，為什麼要寫詩？我越問自己，詩就寫得越多。也許我擔心自己又失去了信仰，也許我擔心曾經感動的瞬間會一眨眼的煙消雲散，也許是為了塗抹中年的蒼白，也許是為了宣洩我對父

母和親人的思念。於是，這二年我不停地「尋找記憶」，不停地
寫著。

　　輯一的六十一首詩，記錄了我少年十五、二十時心情的起
落、對生命的探索和期待、追求詩學的熱情和寂寞。輯二多為二
〇〇七年完成的作品，也許充滿異國風和鄉思，卻是這些年來羈
旅海外的總紀錄。輯三的十八首童詩，是在臺北縣淡水忠山國小
及臺北縣中和積穗國小教學的那段期間寫給我的學生的範本，今
一併收存。

　　感謝所有供我發表詩作的詩刊、報社，因為他們的賞識，才
能讓我繼續筆耕。尤其是每回接到航空或海運寄來的詩刊，心中
的感動，實難以言喻。感謝百忙中抽空替我寫序的前臺北中央社
記者暨散文家徐喚民女士及聖路易華文作協前會長小說暨散文家
李笠女士。感謝替我拍攝繪製封面、封底圖片的妹妹傅于瑄；感
謝秀威出版社全體工作人員替我張羅這本詩集；更感謝李笠女士
及詩人傅予前輩，鼓勵我接觸秀威。在此，謹以此書獻上無限的
感激與敬意。

二〇〇九年二月五日寫於加拿大多倫多烈治文山市

國家圖書館出版品預行編目

尋找記憶 / 傅詩予著. -- 一版. -- 臺北市：
秀威資訊科技, 2009. 06
　　面；　公分. --（語言文學類；PG0264）

BOD版
ISBN 978-986-221-237-0（平裝）

851.486　　　　　　　　　　98009034

語言文學類　PG0264

尋找記憶

作　　　　者 / 傅詩予
發　行　　人 / 宋政坤
執 行 編 輯 / 詹靚秋
圖 文 排 版 / 鄭維心
封 面 設 計 / 陳佩蓉
數 位 轉 譯 / 徐真玉　沈裕閔
圖 書 銷 售 / 林怡君
法 律 顧 問 / 毛國樑　律師
出 版 印 製 / 秀威資訊科技股份有限公司
　　　　　　台北市內湖區瑞光路583巷25號1樓
　　　　　　電話：02-2657-9211　傳真：02-2657-9106
　　　　　　E-mail：service@showwe.com.tw
經　　銷　　商 / 紅螞蟻圖書有限公司
　　　　　　台北市內湖區舊宗路二段121巷28、32號4樓
　　　　　　電話：02-2795-3656　傳真：02-2795-4100
　　　　　　http://www.e-redant.com

2009 年 6 月　BOD 一版
定價：250 元

讀　者　回　函　卡

感謝您購買本書，為提升服務品質，煩請填寫以下問卷，收到您的寶貴意見後，我們會仔細收藏記錄並回贈紀念品，謝謝！

1.您購買的書名：_____

2.您從何得知本書的消息？

　□網路書店　□部落格　□資料庫搜尋　□書訊　□電子報　□書店

　□平面媒體　□ 朋友推薦　□網站推薦 □其他_____

3.您對本書的評價：(請填代號　1.非常滿意 2.滿意 3.尚可 4.再改進)

　封面設計____　版面編排____　內容____　文/譯筆____　價格____

4.讀完書後您覺得：

　□很有收獲　□有收獲　□收獲不多　□沒收獲

5.您會推薦本書給朋友嗎？

　□會　□不會，為什麼？_____

6.其他寶貴的意見：_____

_____

_____

_____

讀者基本資料

姓名：_____ 年齡：_____ 性別：□女 □男

聯絡電話：_____ E-mail：_____

地址：_____

學歷：□高中(含)以下　　□高中　　□專科學校　　□大學

　　　□研究所(含)以上 □其他_____

職業：□製造業 □金融業 □資訊業 □軍警 □傳播業 □自由業

　　　□服務業 □公務員 □教職　□學生 □其他_____

To：114

台北市內湖區瑞光路 583 巷 25 號 1 樓

秀威資訊科技股份有限公司　　　收

寄件人姓名：

寄件人地址：□□□

（請沿線對摺寄回,謝謝!）

秀威與 BOD

BOD（Books On Demand）是數位出版的大趨勢，秀威資訊率先運用 POD 數位印刷設備來生產書籍，並提供作者全程數位出版服務，致使書籍產銷零庫存，知識傳承不絕版，目前已開闢以下書系：

一、BOD 學術著作—專業論述的閱讀延伸
二、BOD 個人著作—分享生命的心路歷程
三、BOD 旅遊著作—個人深度旅遊文學創作
四、BOD 大陸學者—大陸專業學者學術出版
五、POD 獨家經銷—數位產製的代發行書籍

BOD 秀威網路書店：www.showwe.com.tw
政府出版品網路書店：www.govbooks.com.tw

永不絕版的故事・自己寫・永不休止的音符・自己唱